中公新書 1787



板坂耀子著

# 平家物語

## あらすじで楽しむ源平の戦い

中央公論新社刊

# はじめに

## この本の目的

別に彼ら自身のせいではないのだが、最近の学生は日本と外国とを問わず古典文学をほとんど読んでいない。あらすじやおおまかな内容も知らない。滝沢馬琴《たきざわばきん》の『南総里見八犬伝《なんそうさとみはっけんでん》』について説明しようとして、「結局、中国の『水滸伝《すいこでん》』の翻案で」と言いかけて、はっと、たぶん『水滸伝』も知らないなと気づいて、「『水滸伝』というのは、まあ『ロビン・フッド』に似た展開で」と言いかけてまた、ふと、いやな予感がして、「『ロビン・フッド』の話知ってる?」と聞くと果たして誰も知らない。そういうことがしょっちゅうである。

この本は、そういう学生たちをはじめとした多くの人たちに、とにかく『平家物語』のあらすじと内容を知っていただくことを目的に書いた。

とは言っても、「こんなことも知らないのか」と思いながら教えるのと、「こんなことぐらい知らなくては」と思いながら学ぶことぐらい、この世の中で面白くないことはない。それで、この本では、私がずっと『平家物語』について考えてきて、まだ誰も言っていない新しい見解も書くことにした。つまり、この本を読めば「『平家物語』について、当然知っておくべきこと」と同時に、「『平家物語』についてまだ誰も知らないこと」も覚えられるはずである。

## この本の構成

この本は二部に分かれる。

第一部では、とにもかくにも、この物語の全体像を知ってもらう。『平家物語』は、あの人名が多すぎて誰が誰だかわからなくなるのが、という人が多い。また、結局は戦争ばかりしてる話でしょう（実はそうでもないのだが）、と思っている人も少なくない。そこで、戦いの場面を中心に、ともかくあらすじを把握し暗記できるようにしたい。まるで受験勉強だが、もちろんそれに利用していただいてもいい。

第二部では、このようにして覚えていただいたあらすじをもとに、『平家物語』全体の内容と構成について考えてみる。この作品が必ずしも歴史的事実を正確に記すのではなく、時にはかなり史実と異なる創作を行っていることは、すでに認められている。だが、それを作者の全体の構想と結びつけて分析することはまだ充分になされていないと思うので、この点について述べたい。

そして、その虚構も用いて構成された物語の中で、重要な役割を担いながらも、戦前に国史の道徳的な教材として利用された反動から、現在では無視されがちな、平重盛《たいらのしげもり》という人物像を再評価する。彼の魅力を充分に理解しなければ、『平家物語』の楽しさは完全には味わえない。

ただし、以上のような説明ではどうしても抜け落ちてしまう名場面や有名な挿話がある。それらを補完することを兼ねて、いくつかの休憩時間的コーナーを設けた。そこではあえて、他の部分より色濃く現代の世界と重ねて、『平家物語』を語ってみたい。洋の東西を問わず数百年以上を経た古典文学が、私たちの生きる現代を解明し、私たちの現実の生き方を考える上で、どんなに豊かな資料を提供するかということを少しでも実感していただければ幸いである。

# 平家物語　目次

## 第一部　受験勉強的あらすじ暗記法

## 第二部　図式で覚える内容と構成

# 平家物語

あらすじで楽しむ源平の戦い

# 第一部　受験勉強的あらすじ暗記法

# 第一章　三つの反乱、三つの戦い

## 第一回　試験にはたぶん出ないこと

### 作者と成立年代

『平家物語』は、十二世紀の後半、政治の実権を握って栄えた平家の一族がやがて没落し、関門《かんもん》海峡の壇《だん》ノ浦《うら》の海戦で滅びるまでの過程を中心に描いた物語で、日本文学史では「軍記物」というジャンルに入る。

受験生はもちろん大学生でも、「ここは試験に出ますか」とよく聞きたがるが、それで言うなら、この物語の作者も成立年代も、まず大学入試に出題されることはあるまい。吉田《よしだ》兼《けん》好《こう》の『徒然草《つれづれぐさ》』が信濃前司《しなののぜんじ》行長《ゆきなが》を作者としてあげ、成立の過程を述べているが、とてもそれをそのままに定説とできる状況ではない。

昔の本は書写されて伝わることが多いから、時には写しまちがい、時には意図的な書きかえで、いろいろな系統の写本が異本として残る。だが、『平家物語』の場合には、そのような異本の数がはんぱでない。そのどれが一番すぐれているか優劣がつけがたいのも、他の本の場合にはない特徴である。

## 琵琶法師の役割

四国は高松に「平家物語歴史館」という日本最大の蠟《ろう》人形館がある。ここには、『平家物語』の名場面のいろいろが蠟人形でリアルに再現されていて、イメージをつかむ役にたつ。最後のコーナーにコンピュータ制御で本物そっくりに動く琵琶《びわ》法師《ほうし》がいて、どこかの村はずれのお堂で集まってくる村人たちに囲まれて、有名な「諸行無常《しょぎょうむじょう》」の一節を声を出して語ってくれる。私が行った時には客は私一人と思いきや、この琵琶法師のコーナーにだけ手すりにもたれて見ているカップルの若い男女がいたのだが、よく見るとそれも蠟人形だったという、ぎょっとする趣向までこらしてあった。

カップルはともかくとして、このようなコーナーが作られることでもわかるように、『平家物語』と琵琶法師とは切り離せない。この物語は書かれて、読まれて伝わっただけでなく、琵琶法師たちが琵琶を鳴らして語りあげる「平曲《へいきょく》」として多くの人々の間に広まった。ラフカディオ・ハーン（小泉八雲）『怪談』の中の「耳なし芳一《ほういち》」では、豪華な屋敷で貴族たちが琵琶法師の語りに涙する場面がある。これは主人公の幻想だし、作者の創作だが、実際に身分の高い人々がこのように平曲を聴くことも多かったはずで、この小説の描写もまた、『平家物語』の語られる様子を想像させる。おそらく、そのようにして全国いたるところであらゆる階層の人々がこの物語を聴いたのだろう（註1）。

**平家物語歴史館の蠟人形**　上から「殿下乗合」（巻一）、「坂落」（巻九）、琵琶法師。

現在伝わる『平家物語』の中で、よく知られている代表的なものの一つは、このような琵琶法師の一人であった覚一《かくいち》が南北朝時代に完成させた「覚一本」と言われるものである。この本でも、基本的にはこの覚一本に基づいて検討を行い、引用も表記などをわかりやすく改めつつ、ほぼこれに従う（註2）。しかし、その他にもさまざまな系統の本が残っている。以下にその概略を述べよう。

### 異本のあらまし

今残る『平家物語』の諸本は、普通二種類にまず分けられる。当道系・略本系・語り物系などと呼ばれるものと、非当道系・広本《こうほん》系・読み本系などと呼ばれるものである。琵琶法師たちの組合である当道座《とうどうざ》（註3）が制作に加わっているらしく、かつ記事の内容が簡単な方が前者で、当道座が参加していなくて、かつ記事の内容が多くて詳しいのが後者である。前者は琵琶法師の「語り」との関わりが深く、後者は書写されて伝わることが多かったとも言われている。

当道系・略本系・語り物系の諸本には、一方《いちかた》流と八坂《やさか》流がある。前者は全十二巻の最後に「灌頂巻《かんじょうのまき》」という巻が付く。後者は十二巻で終わる。

一方流の中に先に述べた覚一本があり、この系統は後に江戸時代初期に出版された流布本を生む。八坂流の中には屋代本があり、この系統の中で最も古いとも言われている。

非当道系・広本系・読み本系には、延慶《えんきょう》本、長門《ながと》本、『源平盛衰記《げんぺいじょうすいき》』などがある。

また、この二系列の両方の要素を持つ、四部合戦状《しぶかっせんじょう》本、『源平闘諍録《とうじょうろく》』などがあり、これらが『平家物語』の最も古いかたちではないかと言われたこともあった。

覚一本は文学的にも評価が高く、古いかたちを残すと言われ、活字化する際の底本としてよく使われる。語り物よりも後に作られたとされて、やや軽視されがちだった非当道系・広本系・読み本系の諸本も、最近は古いかたちにより近いのではないかと見直されはじめ、特に延慶本が注目されてきている（註4）。


なお、これらの諸本の内容の差については、岩波書店の新日本古典文学大系『平家物語』（上・下）の末尾に内容の「諸本異同解説」があるので、気になる方は参照していただきたい。

**異本のあらまし**

○当道系・略本系・語り物系
- 一方流（覚一本）――（流布本）
- 八坂流（屋代本）

○非当道系・広本系・読み本系――（延慶本）（長門本）（『源平盛衰記』）

○その他（四部合戦状本）（『源平闘諍録』）（南都本）

## 何が問題となっているのか

『平家物語』の研究は、このようなさまざまな系統の本について整理していくことが出発点であり、また終着駅でもあり、多くの精力的な研究がなされてきた。だが、この本の目的は、それを紹介検討することではないので、これらの研究がめざしていること、論点となっていることとは何かについてだけ、大まかにまとめておく。

『平家物語』の、最も古いかたちとは、どのようなもので、今のどの系統に近いのだろうか。また、今残っているさまざまの系統の異本が成立するにいたった、それぞれの理由や背景とはどういうものなのだろうか。

さらに、琵琶法師が語って広めたということは、この物語の成立にどういう影響を与えただろうか。

そして、この物語は歴史的事実を題材にしているのだが、いったい、どれだけ史実に忠実なのだろうか。

こういったことがいろいろと研究されている（註5）。この本を読んで『平家物語』に興味を持たれたら、そのような研究書もぜひ、読んでみていただきたい。

## 諸行無常と因果応報

本書の内容で、先にあげた問題点と関わるのは、「琵琶法師が語って広めたということによる影響」と「歴史的事実との関係」である。

これについて私は、次のように考えている。

『平家物語』は、さまざまな階層や立場の人に語られることによって、聴き手の反応も含めた多くの人の意見が何らかのかたちで、他の文学作品とは比較にならないほど多くとりいれられている。この可能性はおそらく誰も否定できないだろう。

それが、あらゆる人の疑問や要求に応じようとする、この物語のバランスのよさとサービスのよさを生んでいる。

たとえば、あの冒頭の有名な文章にも、そのような作者の、あらゆる人に応えようとする面倒見のいい優しさがある。

祇園精舎《ぎおんしょうじゃ》の鐘の声、諸行無常の響《ひびき》あり。娑羅双樹《しゃらそうじゅ》の花の色、盛者必衰《じょうしゃひっすい》の理《ことわり》をあらはす。奢《おご》れる人も久しからず、ただ春の夜《よ》の夢のごとし。猛《たけ》き者も遂《つい》には滅びぬ、偏《ひとえ》に風の前の塵《ちり》に同じ。（巻一「祇園精舎」）

（インドの古い寺祇園精舎の鐘の音も、その庭にある沙羅双樹の花の色も、この世には定まりがなく、栄えたものもやがては滅びることを私たちに告げている。どんなに栄華をきわめた人

でも、強い力を誇った人でも、結局はつかの間で、あとかたもなく滅びてゆく

古典を知らない若い人、また外国の人にここを説明しようと工夫していると、つい「盛者必衰（栄えたものは必ず滅ぶ）」という法則があるのなら、「諸行無常（すべて定まったことがらはない）」とは言えないのではないか、と気になるし、さらにまた、この後のよく知られた名文が、「遠く異朝《いちょう》をとぶらへば」「近く本朝をうかがふに」と、王莽《おうもう》、将門《まさかど》など海外国内の有名人の例を列挙して、「これらは皆、旧主先皇《せんのう》の政《まつりごと》にもしたがはず（略）民間の憂うるところを知らざっしかば、久しからずして亡《ぼう》じにし者どもなり（略）まぢかくは（略）前《さきの》太政大臣《だいじょうだいじん》平《たいら》　朝臣清盛公《のあそんきよもりこう》と申しし人の有様、伝へ承《うけたまわ》るこそ、心も詞《ことば》も及ばれね」と続くと、「この連中が滅びたのは、それなりの原因があって、その最高の例が平清盛なのだ、というのなら、この世に定まりがないとか、栄えたものが滅びるとかいうのじゃなくて、悪いことをしたから報いがあった、のではないか」とも思う。

しかし『平家物語』全体に、たしかにこの二つの論理は併存しているのだ（註6）。それは、貴賤《きせん》・老若男女をとわず、多くの人に享受されたこの物語が、それらの人々が苦しい現世を何を基準にどう生きたらいいのだろうかと問いかけつづけたのに対し、答えつづけようとした結果なのではないだろうか。

「何ひとつ定まりはない。どんな不条理があってもあきらめなさい。あなたも誰も悪いのではない」と慰撫《いぶ》しながら、その一方で、「なぜ、そのようなことが起こったのか、どうしたらそれはくいとめられたのか」という現実的で具体的な分析と教訓を与えつづけようとするなら、こう答えるしかないだろう。それをあらゆる人を救おうとする仏教的な姿勢と思えないこともないが、それよりもっと根本的に多くの人たちの中で育ったこの物語の性格がこういう姿勢を生むのだと思う（註7）。

そして、この姿勢は必然的に歴史的事実とは異なる虚構を創り出す。それは当座の都合やつじつまあわせではなく、作品全体の構成と切り離しがたく結びついているのだ。

## 未完成の魅力

『平家物語』には、まるで一幅の絵か劇の一場面を見るような文学的に完成された部分がある一方で、記録や雑記そのままに何の彫琢《ちょうたく》も加えられていない粗削りな部分もある。それを文学作品としての瑕疵《かし》ととることもできようが、たとえば、ロダンやミケランジェロの彫刻が、人の身体や手足が半ば埋まったように素材のままで残されている部分を持つのと同様、躍動し流動していたものが、そのまま動きを止めたような不思議な美しさも見せている。

覚一本が完成した頃から、『平家物語』の数多くの系統の本はいずれも次第に凍結され固定化されていったと言われる。さまざまな話をとりこみつつ発展してきた物語が、いつか時代にとりのこされて、成長を止める時がある。そのような時間の静止が、この物語の随所にそのような文学になりきれない部分を残したのだろう。

謡曲に『藤戸《ふじのと》』という作品がある。屋島の合戦の前、寿永《じゅえい》三年（一一八四）九月の備前《びぜん》国藤戸（現・岡山県倉敷市）の戦いで、土地の漁師に浅瀬を聞いて、口封じのために彼を殺し、その浅瀬を渡って戦功をあげた源氏の武将佐々木盛綱《ささきもりつな》（ここまでの話は『平家物語』にある）が、後に備前の児島《こじま》の領主となり民の訴えを聞いていると、漁師の老母が現れて罪なくして殺された息子のことを訴え、盛綱は後悔するという内容だ。

おそらく『平家物語』の記述では納得できず、不幸な漁師の運命と盛綱の所業とにわりきれない思いを抱いた人たちの思いが、このような後日談に結晶した。そして、この『藤戸』の話はたまたま『平家物語』に入らなかったが、たとえばこのようなかたちで生まれた話が『平家物語』の中にはいくつも流入しつづけていったのではないだろうか。そのような補充や洗練がなされないで後回しになっていた部分が、作品が動きを止めた時点でそのままに今、文学的には未完成な記録や雑記のようなかたちで残っているのだろう。

いや、『平家物語』はまだ動きを止めていないのかもしれない。この本でも紹介するが、江戸時代にも近代にも、そして現代でも、『平家物語』は数多くの後日談や裏話、また多くの作家たちのそれぞれの『平家物語』を生んだ（註8）。いつの時代にか、それらすべてを総合した新しい『平家物語』が覚一のような人の手によって、またまとめられないものでもない。

だが、冒頭からあまりにもとめどない空想を広げるのはつつしんで、ともかく現在『平家物語』として知られる古典のあらすじについて述べよう。

なお、この本で『平家物語』の「作者」と呼ぶのは、現在残る『平家物語』が完成するまでに関わったすべての「作者たち」の意味である。

**註**

（1）千草子『ハビアン平家物語夜話』（平凡社）もまた小説のかたちながら『平家物語』がどのように語られ書かれたかについてさまざまな示唆を与えてくれる。

（2）使用したのは梶原正昭・山下宏明校注の岩波新日本古典文学大系本。また高橋貞一校注の講談社文庫（流布本）も表記をわかりやすく変える際の参考とした。

（3）当道座については、渡邊昭五『平家物語太平記の語り手』（みづき書房）が詳しく説明している。

（4）松尾美恵子『異形の平家物語』（和泉書院）は、この延慶本をもとに平家物語の構想をさぐる。また、前掲『平家物語太平記の語り手』は異本関係を明確に図示しているが、私がここで紹介したものとは細かい部分でいささか異なっている。それほど異本の系統化は困難で諸氏の説もさまざまである。

(5)志立正知『「平家物語」語り本の方法と位相』(汲古書院)は「結び」で、近代の平家物語研究が「テキストの系統化の試みに半ば挫折《ざせつ》している」現在、多様な異本を超えた〈平家物語〉というひとつの作品としての研究の可能性にふれている。

(6)正木信一『「平家物語」 内から外から』(新日本新書)は序章と第一章でこの部分を検討し、仏教と儒教の観点が混在していると指摘する。また栃木孝惟『軍記と武士の世界』(吉川弘文館)は「平家物語の序章再読」で、この部分に「生者必滅」ではなく「盛者必衰」の語句が選ばれた意味を考察する。

(7)岩波講座『日本文学と仏教』第二巻「因果」において気多雅子「罪と報い」は「因果応報であって欲しいという期待は、この世界が我々がその内に住み込むことのできるコスモスであり得るかどうかということと深く関わっている」「つまり、社会は何らかの仕方で因果応報ということを充《み》たさなければ社会として存立しないのであり、因果応報の充たし方がその世界の正義の内容となる」と指摘する。

(8)西田直敏『平家物語への旅』(人文書院)は、民話、絵本、漫画も含めたさまざまな作品を、現地調査も行って詳しく紹介する。また山下宏明『いくさ物語の語りと批評』(世界思想社)も、筒井康隆の『こちら一の谷』(『メタモルフォセス群島』〔新潮文庫〕所収)などをあげながら、『平家物語』の受容と変容を考察している。さないただし『平家物語の光芒《こうぼう》』(鳥影社)が「あとがき」で「思うに異本・異説・別伝の流布は古来から

『平家物語』の宿命かもしれない」と述べるように、この物語には新たな話を生み出す特異な生命力がある。

## 第二回　読む気にならない理由とは

### 登場人物が多すぎる

『平家物語』を読む人が挫折する理由の一つに「登場人物が多すぎて、誰が誰やらわからない」ということがある。

短期決戦の半年間の授業で人名だけでも何とか覚えさせようと、「以下の人物は平家か源氏か」などという小テストをすると、学生たちは苦し紛れに「平家方には『盛』のつく名前が多い」などと当面区別するようだ。

たしかにそれはその通りで、江戸時代の大田南畝《おおたなんぽ》の黄表紙《きびょうし》（大人の漫画ともいうべき当世の風俗を風刺した絵本）『源平惣勘定《そうかんじょう》』では、これを利用して、雨漏りの家の中に平家の一門が座って「漏りの少ないところが『すけもり（資盛）』」「屋根板の『あつもり（敦盛）』もたのみにならぬ」「知盛《ともも》どの、『これもり（維盛）』をごろうじろ」などと洒落《しゃれ》を言いあっている

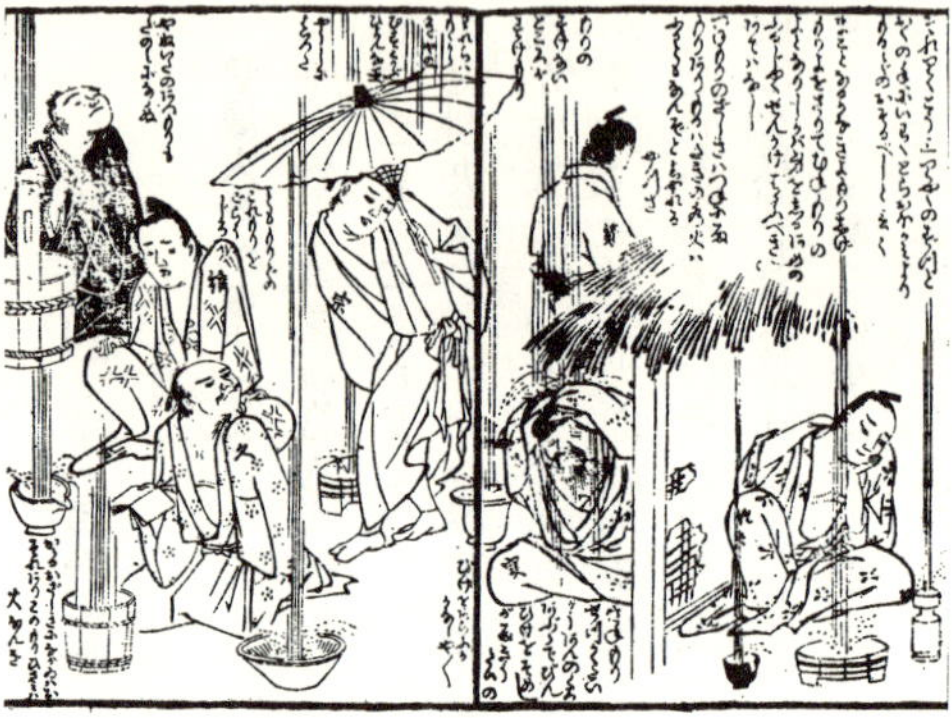

『源平物勘定』挿絵

場面がある（なぜそんな絵があるかというと、この黄表紙は、源平の争いを借金取りと倒産寸前の借主という図式に重ねてパロディにしているからで、これだけでも黄表紙に代表される江戸時代の戯作《げさく》のすばらしいまでの内容のなさと発想の無責任さが伝わるだろう）。

しかし、源氏方にも義経《よしつね》四天王の一人の伊勢三郎義《いせのさぶろうよし》盛《もり》がいたり、平家方にも清経《きよつね》、知章《ともあきら》など例外の主要人物は大勢いるから、この区別のしかたも万全ではない。

結局、源平両家の系図を片手に読むのが一番まともで効果的なのだろう。でも、それさえ面倒な人には、筒井康隆『文学部唯野教授の女性問答』（中公文庫）がプロ野球の選手名に早く詳しくなれる方法として紹介した、「好きな選手をとにかく作る。その人との関係で覚えていく」というのが、この場合にも有効だ。義経であれ、佐々木四兄弟であれ、当面誰かを好きになって、その人に親切か、その人と仲よしか、その人を不幸にしたか、その人の敵か、その人の敵の味方か、その人の味方の敵か、などなどで、全登場人物を見ていくと、好き嫌いができて、おのずと覚える。

そして、『平家物語』の魅力の一つは、どんな読者でも必ず気に入る、感情移入できる人物がきっと一人は（たぶんそれ以上）いることである。なぜそうなるかは後述するが、それほど多彩な人物が登場し、簡潔な描写の中に、今風の言い方で言うと驚くほど「キャラが立って」（人間が生き生きと描かれて）いるのである。

あと一つ、『平家物語』に限ったことではないが、このような長編の古典の概要をつかむには、洋の東西を問わず、児童文学で読んでしまうのが案外有効である。

もっとも『源氏物語』は色っぽすぎるのか児童文学にはほとんどなっていないし、『曾我《そが》物語』もいつからかばったり児童文学からなくなってしまったのが不思議だし残念だが（江戸時代では歌舞伎をはじめ曾我兄弟は義経以上に人気がある。私の世代まではまだ知られていたと思うのに、ある年代以降からまったく知られなくなっている。特に理由があったとも思えないのだが）、それでもかなりの古典は子ども向けの本で読むことができる。

ただ、児童文学には（漫画や映画にも）、その時代の思想の流行が微妙に反映しているので、それは少々気をつけた方がいいが、まあ少しそういう危険を冒しても、あらすじをつかむことができれば損にはならないだろう。

## 戦闘場面が多すぎる

読者が挫折する理由のもう一つは、「戦闘ばかりやたらと多すぎて、区別がつかない」ということがある。そこで乱暴なのは承知で、私は初めて読む人には、まず次のような枠組みを暗記してしまってください、と頼む。

文庫本でも岩波の古典大系本でも、二冊なら上巻の終わりか下巻の初め、四冊なら第三巻の初めを見てもらえば、だいたいそのあたりに「都落《みやこおち》」（巻七）という章段があるはずだ。都は京都、「落ちる」つまりそこを退去する（逃げ出すとも言う）のは平家一門。それがこの物語のまん中に来る。

つまり、ここを境に前半では平家はおごりたかぶっている。それに対する反乱が起こっては鎮圧される。しかし後半では平家は落ち目になる。逃げながら戦いをくり返して最後は壇ノ浦で全滅する。

その前半の、平家に対する大きな反乱は、三つあると覚えよう。後半の大きな戦闘も三つあると覚えよう。

三つの反乱とは、①鹿《しし》ヶ谷《だに》の変、②高倉宮《たかくらのみや》御謀反《ごむほん》、③頼朝《よりとも》の旗上げ、である。

三つの戦いとは、①一の谷の戦い、②屋島の戦い、③壇ノ浦の戦い、である。

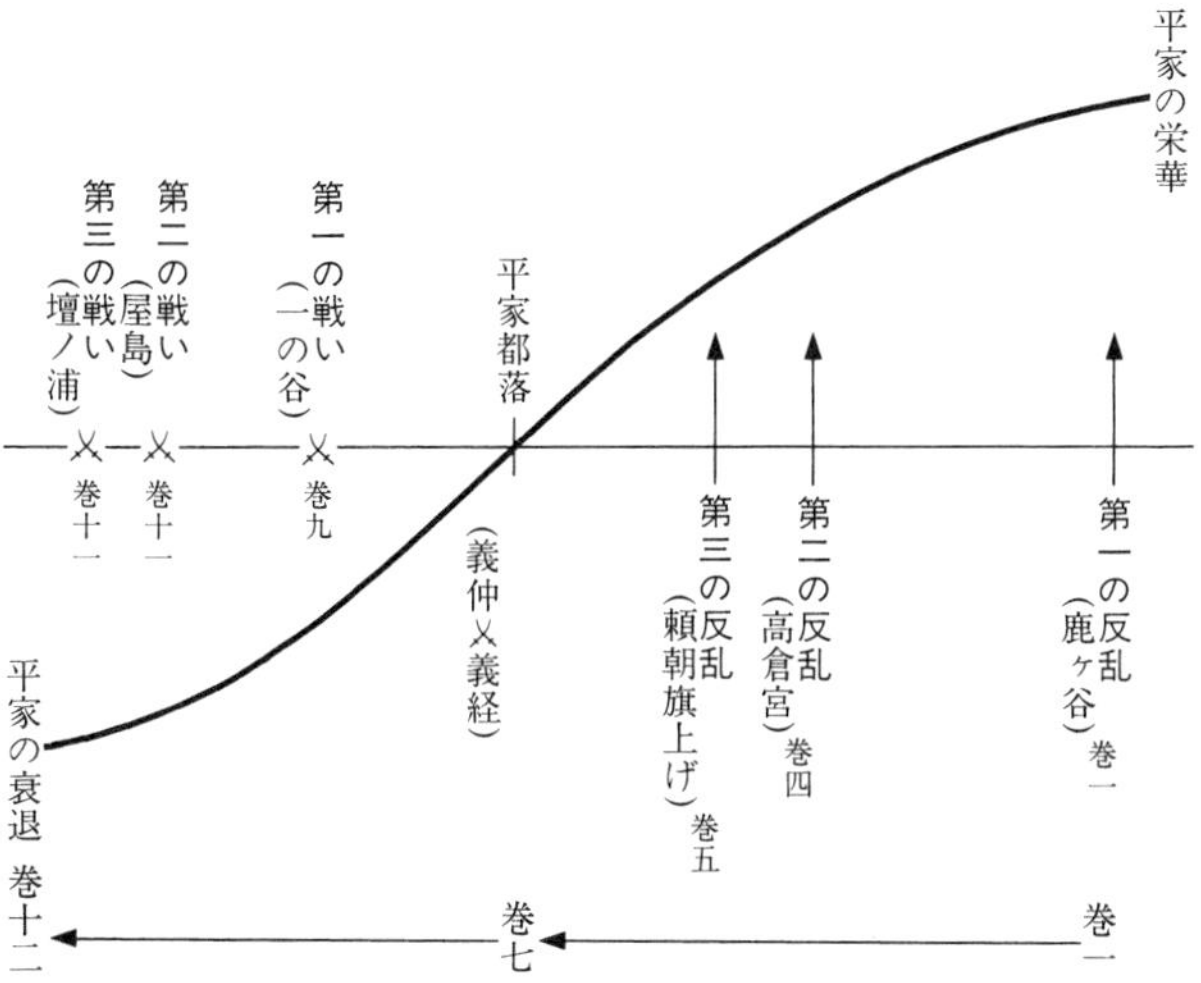


これはもう、とにかく理屈ぬきで暗記してしまってほしい。

少しでも『平家物語』に詳しい人なら目をむくだろう。この図式だと、前半の比叡山《ひえいざん》をはじめとした僧侶たちと平家との抗争がすっぽり抜け落ちてしまう。それよりひどいのは、都落直後、京都を舞台に行われる源氏どうしの対戦（義仲《よしなか》対義経）の戦闘が落ちてしまう。これではあらすじとは言い難い、と言われるだろう。

それはわかっている。しかしとにかく何かの骨組みで枠を作って、「ああ、その人はあの戦いに登場した」「あの事件はこの戦いに関係していた」「あれはこの反乱の前のこと」というような、めやすとしてでも何かがほしい。それを手がかりに、いろいろな挿話を覚えていってもらいたいのだ。

# 第二章　前半のあらすじ――三つの反乱

## 第一回　鹿ヶ谷の変――俊寛を中心に

第一章で述べた図式に随《したが》って、『平家物語』のあらすじを駆け足で見てゆこう。まず、第一の反乱「鹿ヶ谷の変」から述べよう。

### 冒頭部分

駆け足といえば、この反乱が計画される前の章段には、平家一門が勢力を得て天下を握るまでの経緯が、それこそものすごい駆け足で記されている。

こういう時の説明に、一つの印象的な挿話を使うのは『平家物語』作者のいつもの手法で、ここでも平清盛の父忠盛《ただもり》が、ようやく出世して天皇のおそばまで伺候《しこう》できるようになった時、

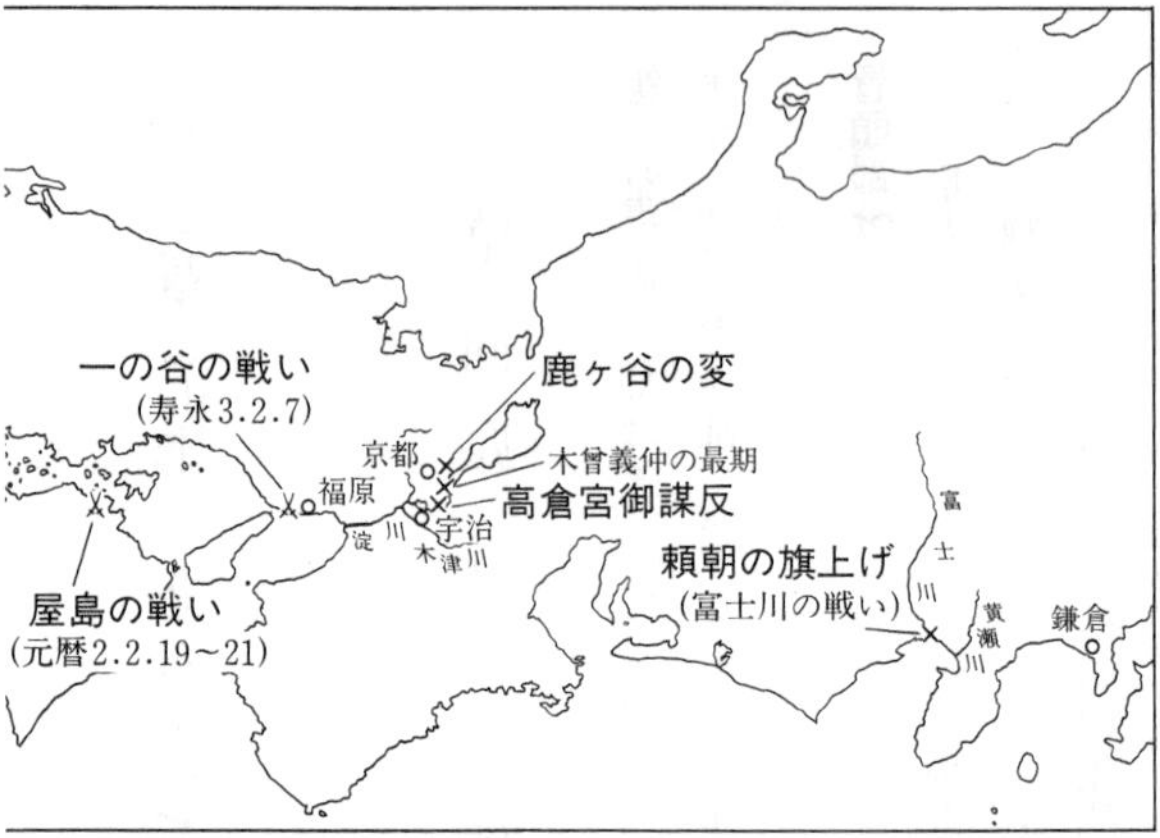


貴族たちから受けた意地悪と、それに対応した機知とが、ただ一晩のある事件（というより事件の未遂）に集約されて描かれる（巻一「殿上闇討《てんじようのやみうち》」）。ここで忠盛が使った銀箔《ぎんぱく》を貼《は》った木刀のトリックや「理路整然とはしているが詭弁《きべん》もあり、誠実ではない、戦うための論理」による弁明も、あとで述べるように『平家物語』全体に何度も登場する、武器にはよらないもう一つの戦いである。

### 事件の顚末

ともあれ、そうやって数代を経て天下をわがものにした、平清盛を頂点とする平家一族の栄華に、まず、自分が望む官位を得られずに不満を抱いた貴族藤原成親《なりちか》が反乱を計画する。治承《ちしよう》元年（一一七七）五月、時の天皇家の代表者ともいうべき後白河《ごしらかわ》法皇（一一二七〜九二）までが、京都の郊外鹿ヶ谷（現・

**三つの反乱、三つの戦い**

京都市左京区）の山荘で開かれた作戦会議に加わった。

しかしこの計画は、唯一といっていい武士の参加者多田蔵人行綱《ただのくらんどゆきつな》が公家たちの計画のあまりのずさんさに不安を抱き、清盛に密告するという予想外の展開で、事に及ぶ間もなく鎮圧され、関係者は皆捕えられ、死刑や流罪《るざい》になった。

## 俊寛の運命

ここで、その中の一人の人物に注目しておきたい。『平家物語』がいかに後代の人々の中に息づき、それぞれの時代の息吹をたたえて再生していったかがわかるだろう。

計画の密議の舞台となった鹿ヶ谷の山荘は、法勝寺《ほつしようじ》の僧都《そうず》俊寛《しゅんかん》の別邸だった。そのことが示すように反乱の首謀者の一人であった俊寛は、首謀者の成親（流刑先で殺される）の息子成経《なりつね》、平判官康頼《へいほうがんやすより》と三人で、薩摩《さつま》潟《がた》のはるか沖、鬼《き》界《かい》が島（現在の鹿児島県鹿児島郡三島村、硫黄《いおう》島か）に流される。後に清盛の娘で入内《じゅだい》した徳子《とくこ》（建礼門院《けんれいもんいん》）の出産の折、安産を祈って行われた恩赦で、二人は帰国が許されたが、俊寛一人は許されず島に残って、その地で果てた（註1）。

人の不幸にもいろいろあるが、同じ不遇をかこっていた三人のうち二人までが救われて、ただ一人残されるというのは、最も単純明快な、誰にでも理解できる苦しみである。『平家物語』はこの苦悩と絶望を徹底的にわかりやすく切実に描いた。

赦免の使者の書状に「俊寛と云ふ文字はなし。礼紙《らいし》（書状を包んだ紙）にぞあるらんとて、礼紙を見るにも見えず。奥より端《はし》へ読み、端より奥へ読みけれども、二人とばかり書かれて、三人とは書かれず」（巻三「足摺《あしずり》」）と信じがたい事態を確認するしかなかった俊寛は、赦《ゆる》された二人に「せめて九州まででも同船させてくれ」と頼み込む。

ここで「俊寛がかやうになると云ふも、御辺《ごへん》（あなた）の父、故大納言殿（成親）、由なき謀反故なり」（私がこのようになったのも、あなたの父上の反乱計画のせいだ）とまで言う俊寛の懇願に対し、若い成経はあくまでもおだやかに「われらが召し返さるる嬉《うれ》しさも、さる事なれども、御有様を見をき奉るに、更に行くべき空も覚えず。この船に打乗せ奉つて上《のぼ》り度《と》う候が、都の御使《おつかい》も叶《かな》ふまじき由申すうへ、ゆるされもないに三人ながら島を出たりなんど聞えば、なかなかあしう候なん」（ご様子を見ていると、私たちが許された喜びも薄らぎます。お連れしたいけれど、使者がだめだと言っているのに三人で帰ったら、かえってよくない結果になる）、「成経先《ま》づ罷《まか》り上《のぼ》つて、人々にも申し合せ、入道相国《しょうこく》の気色《きしょく》をも伺うて、迎ひに人を奉らん」（私がまず帰郷して皆とよく相談し、清盛の意向も判断して、それから迎えを寄越しますので）などと返答する。その若い成経の言葉も、誠実であるが冷静に計算されていて、こういう、ある意味苦しい立場におかれた時の模範解答例として完璧《かんぺき》であり、外交や交際に慣れた作者たちによって練り上げられたことをしのばせる。

そして船が出る時には俊寛は船にすがって海の中まで追ってきて、その後は渚《なぎさ》に倒れ伏し「少《おさな》き者の乳母《めのと》や母などを慕ふ様に、足摺（じだんだを踏むこと）をして『これ乗せて行け、具《ぐ》して行け』と、喚《おめ》き叫べども」、船は遠ざかっていくばかりなので、高い所に走りあがって沖の方へ手招きをしつづけた。

その後、俊寛の弟子の有王《ありおう》という少年が鬼界が島へ渡り、見るかげもなくやつれ果てた俊寛に会い、故郷の妻と男の子が死んだことを伝え、娘からの手紙を手渡す。「年にしては書きようが幼い」と娘のことを心配しながら俊寛は死に、みすぼらしい小屋ごと彼の遺骸《いがい》を焼いた有王は骨を都に持って帰る。娘も有王もその後出家した。「かやうに人の思ひ嘆きの積りぬる、平家の末こそ怖《おそろ》しけれ」（巻三「僧都死去」）と、『平家物語』は俊寛にまつわる話の最後を結んでいる。

## さまざまな俊寛像

『平家物語』が語ったこの俊寛の話から、後世の人々はさまざまの物語を織り出しつづけた。手早く見ることのできるものでは、菊池《きくち》寛《かん》と芥川龍之介《あくたがわりゆうのすけ》の題名も同じ『俊寛』という短編がある（新潮文庫『藤十郎の恋・恩讐《おんしゆう》の彼方《かなた》に』と『羅生門・鼻』に所収）。この二つの短編が描く俊寛は、どちらも島に残されて悲嘆の中に死になどしない。菊池『俊寛』では、絶望して砂に倒れ伏した俊寛は自殺を考えるが、その後、水の匂《にお》いをかぎ、その清冽《せいれつ》な水を飲み干した後、「船を追って、狂奔した昨日の自分までが、餓鬼のようにあさましい気がした。煩悩を起す種のない、この絶海の孤島こそ、自分に取って、唯一の浄土ではあるまいか」とそれまでと異なる視点で島を見て、新しい生き方に目ざめる。

彼は踴躍《ゆうやく》して立ち上った。そして、海岸へ走り出た。平素は、魂も眩《くら》むように、ものうく思われた太洋が、何と美しく輝いていたことだろう。十分昇りきった朝の太陽の下に、紺碧《こんぺき》の潮《うしお》が、後から後から湧《わ》くように躍っていた。海に接している砂浜は、金色に輝き、飛び交うている信天翁《あほうどり》の翼から、銀の光を発するかと疑われ、平素は、見ることを厭《いと》っていた硫黄ヶ岳に立つ煙さえ、今朝は澄み渡った朝空に、琥珀《こはく》色に、優にやさしく棚曳《たなび》いている。

俊寛は、童《わらべ》のようなのびやかな心になりながら、両手を差拡げ、童のように叫びながら自分の小屋へ、馳《か》け戻った。

この後、俊寛は労働に励み作物を作り、島の暮らしになじんでゆく。肉体もたくましくなる。そしてある日、島の娘が彼を見ているのに気づく。二人は愛しあい、怒って押し寄せた娘の一族は娘の説得で引き返し、二人の愛を認める。まるでポカホンタス（註2）の話かと思わせる展開だが、大真面目《まじめ》に堂々とこの話を描く菊池の筆は力強く清々《すがすが》しい。最後に登場した有王が島に同化した師の姿を見て浅ましさに涙しても、俊寛にはもはやその嘆きが理解できない。妻と幼い子どもたちを連れて砂浜を去っていく俊寛の姿を、帰りの船から見守る有王の心に不思議な共感が生ずるラストも胸を打つ。

一方、芥川の『俊寛』は、いかにもこの作者らしい機知と余裕があふれ、

俊寛様の話ですか？　俊寛様の話位、世間に間違って伝えられた事は、まず外にありますまい。（略）現についこの間も、或《ある》琵琶法師が語ったのを聞けば、俊寛様は御歎《おなげ》きの余り、岩に頭を打ちつけて、狂い死をなすってしまうし、（略）又もう一人の琵琶法師は、俊寛様はあの島の女と、夫婦の談《かた》らいをなすった上、子供も大勢御出来になり、都にいら

しった時よりも、楽しい生涯を御送りになったとか、まことしやかに語っていました。

という有王の語りで始まり、次のような彼の述懐でしめくくられる最後まで、菊池の極彩色の油絵のような正面切った描写に比べると、さながら淡彩画のような趣がある。

俊寛様はやはり今でも、あの離れ島の笹葺《ささぶ》きの家に、相不変《あいかわらず》御一人悠々と、御暮らしになっている事でしょう。事によると今夜あたりは、琉球芋《りゅうきゅういも》を召し上りながら、御仏の事や天下の事を御考えになっているかも知れません。（後略）

ここで芥川が有王に言わせている二つの琵琶法師の話とは、新潮文庫の注にもあるように、一つは言うまでもなく、この少し前（大正十年〈一九二一〉）に発表された菊池寛の『俊寛』であり、もう一つの悲惨な方はさらにその一年前に発表された倉田百三《くらたひゃくぞう》の戯曲『俊寛』である。芥川も書いている通り、こちらはもう徹底的に暗く救いのない悲劇として俊寛を描いている。これに先立つ小山内薫《おさないかおる》の戯曲『俊寛』（明治四十四年〈一九一一〉）も同様にまったく救いがなく、俊寛は絶望のうちに死ぬ。小山内や倉田の描く俊寛像が『平家物語』を忠実に踏襲し、むしろその悲劇性を強化しているのに対し、芥川や菊池、あるいは『新・平家物語』

（一九五〇〜五七年）では吉川英治《よしかわえいじ》も、程度や様相はさまざまでも、島に同化し、都とは異なる幸福を見つけている新しい俊寛像を示している。それはまた、『平家物語』が、

かの島は都を出でて、遥々《はるばる》と波路を凌《しの》いで行く処なり。おぼろげにては船も通はず、島には人稀《まれ》なり。おのづから人はあれども、この土《ど》の人にも似ず色黒うして、牛の如し。身には頻《しき》りに毛おひつつ、云ふ言葉も聞き知らず。男は烏帽子《えぼし》も着ず、女は髪もさげざりけり。食する物も無ければ、常に只《ただ》殺生をのみ先とす。しづが山田をかへさねば、米穀の類もなく、園の桑を取らざれば、絹帛《けんぱく》の類も無かりけり。島の中には高き山あり。鎮《とこしなえ》に火燃ゆ。硫黄と云ふ物充《み》ち満てり。かるが故に硫黄が島とは名づけたれ。雷《いかずち》常に鳴り上り、鳴り下り、麓《ふもと》には雨しげし。一日片時《へんし》人の命絶えてあるべき様もなし。（巻二「大納言死去」）

と、要するに京都付近とは男の衣装も女の髪型も産業も風土も気候もちがう、そして遠くにあるからつまり地獄だ、と徹底的に都を基準にした価値観で切り捨てた「島」の姿を、やや大げさに言うならば文化人類学的見地からとらえなおすことでもあった。

## 近松の戯曲

だが、この新しい俊寛像と島の姿は、歌舞伎が好きな人ならすぐわかるように、すでに江戸時代から登場していた。

もともとは人形浄瑠璃《じょうるり》の脚本として作られた近松門左衛門《ちかまつもんざえもん》『平家女護島《へいけにょごのしま》』（享保《きょうほう》四年〈一七一九〉）は全編、ファンフィクション（ある文学作品の作品世界の設定を、そのまま前提として書かれる文学。二次創作とも言う）とはこう書くのだというお手本のような、見事な『平家物語』の換骨奪胎《かんこつだったい》だ。昨今では鬼界が島に関する部分だけが『俊寛』の題で上演されるのが普通である。芥川『俊寛』が描いた島の娘と成経の恋も、『新・平家物語』の俊寛が浜辺であざけって叫ぶ「鬼界ヶ島とは、どの方角と思うぞ。これからなんじらが帰る国こそ、その地獄よ」という発想も、菊池『俊寛』の健全な肉体と自然の奏でるまぶしいまでの交響曲も、すべて近松のこの戯曲の中に登場していた。

この劇で登場する島の娘は千鳥《ちどり》という名をつけられている。彼女は海女《あま》で、

そりゃ時ぞと夕浪にかわいや女の丸裸、腰にうけ桶《おけ》、手には鎌、千尋《ちひろ》の底の波間をわけて、みるめ刈る。わかめ、あらめ、あられもない裸身《はだかみ》に、鱧《はも》がぬらつく、鯔《ぼら》がこそぐる、がざみがつめる。餌《え》かと思うて小鯛《こだい》が乳にくいつくやら。腰のひとえが浪にひたれて、

**歌舞伎『俊寛』より**（俊寛＝中村吉右衛門、2003年9月、歌舞伎座。写真提供 松竹株式会社）

肌《はだえ》も見え透く。壺かと心得、蛸《たこ》めが臍《へそ》をうかがう。（名作歌舞伎全集第一巻『近松門左衛門集』〔山本二郎校訂、東京創元新社〕による）

と、恋人の成経がうっとり語るような、働く女性のぴちぴちした豊かな肉体を持っている。成経とともに船に乗ることを役人から拒絶された彼女は「鬼界が島に鬼はなく鬼は都にありけるぞや」と叫んで嘆くのである。

この島で俊寛ら三人は望郷の念にかられてはいるものの、まったく対立もなく千鳥を含めて貧しいながらも家族のように仲よく暮らしており、島は一つの理想郷のようにさえ見える。あらゆる階層の人に暖かい目を注ぎ、外国も舞台にした壮大なスケールの『国姓爺《こくせんや》合戦《かっせん》』を書いた近松その人の才能もあろうが、江戸時代の各藩の努力による地方文化の発達や、「古代の文化は辺境に残る」と辺土を評価した当時の知識人たちの意識もまた、このような発想を支えているだろう。

すでに都の家族も死に絶えたと知った俊寛は、役人の一人を斬《き》って、自ら島に残り、千鳥をかわりに船に乗せる。ここで問題なのは自ら島に残ることを選んだ俊寛が足摺をして船を手招きするのは不自然なのだが、その名場面はやはり見せたいという矛盾である。この難問を近松はたったの一行で、いともあっさり解決する。

〽思い切っても凡夫《ぼんぶ》心

つまり、覚悟はしていても、平凡な人間の心理としては、そう割り切ってしまえるものではない、という、当然といえば当然だが強引といえば強引な理屈で、しかも三味線をかきならし切々と高くこの一文を謳《うた》いあげてしまう。そして俊寛は舞台中央の岩の上から、海に見立てた客席に向け、力の限り手を振り叫んで、まずたいていの上演では万雷の拍手の中、幕が下りるのである。

そして、ここでめでたく船に乗れた千鳥は、この後、厳島《いつくしま》に詣《もう》でた法皇をすきを見て清盛が海に投げ込んだのを、海女の手練で救い上げ、怒った清盛に切り捨てられると霊魂が火の玉となって清盛にとりつき、ために清盛は熱病で死ぬ。自由奔放、奇想天外な展開が最終的にはこのようにきちんと「熱病であっち死にした壮絶な清盛の最期」という『平家物語』の筋にはまっていく。

## 馬琴の小説

同じように読者の度肝を抜く名人芸という点で近松にひけをとらないのは、同じ江戸時代のこちらは後期の読本小説、滝沢馬琴『俊寛僧都島物語《しまものがたり》』（文化《ぶんか》五年〈一八〇八〉）だ。

ある意味、パロディ文学ほど、その作家の本質を示してしまうものはない。独自の構成や作者の主張する思想のかわりに、下敷きになる先行作品の枠組みによる制限が増える分、かえって譲れないその作家の特徴が浮かび上がってくる。

近松の『平家女護島』も、その壮大な空想力、的確な人物把握などがいかにも近松にしか書けないと思わせるが、『俊寛僧都島物語』もまた、冒頭の『平家物語』の文章をそのまま使いながら、いつそうなったのか気づかないぐらい巧みに、次第に文章が変化して馬琴の世界になっていく展開で、すでに作者滝沢馬琴の才能をあますところなく印象づける。

この小説では有王は、蟻王《ありおう》と名を変えて筋骨たくましい青年である。結婚もしていて、原作のイメージとはちがう。原作の有王にあたる役割は、俊寛の子どもの徳寿丸《とくじゅまる》という少年で、彼は島を訪れ、恥じて名乗らぬ俊寛を父と薄々察しながらも確信できないまま（馬琴自身が気づかない読者のために、後期戯作の作者らしく懇切丁寧に指摘しているように、ここでは謡曲などで知られた「刈萱《かるかや》」伝説の趣も隠し味になっている）、粗末な庵《いおり》でともに一夜をすごす。その庵の描写も原作と馬琴のオリジナルが、まったく自然に溶け合っている。

竹を柱に松を軒、もくづを直《ひた》ととりかけたれど、雨は更なり漏《も》る月の、影さへいとどいぶせくて、夢もむすばぬ索簾《なわすだれ》、木の葉かきよせ席《しきもの》とす。僧都まづうちに入りて臥《ふ》し給へば、頭と足は外に出でて、京童《きょうわらべ》が手すさみに、雛狗《こいぬ》の小屋とて作れるも、かくまでにはあらざりけり。

徳寿丸には姉鶴の前がいる。彼女が、勇敢な侍女安良《やすら》子《こ》（蟻王の妻）の大活躍の女武者ぶりも空《むな》しく、悪人の船頭によって捕えられそうになり海に身を投げる場面は、ここは馬琴の指摘はないが浄瑠璃『山椒太夫《さんしょうだゆう》』を思わせる。このように「どこかで見た」場面が随所にあることは、決して作品の欠点ではなく、当時の読者はそのような場面の数々が、もとの場面を連想させながら、なおいっそうの面白さを加えていることに満足したのだろう。

身をおどらして水底へ、沈まんとし給ふを、「やよ待ち給へ」と安良子は、右の袂《たもと》を引きとどむれば、件《くだん》の賊は、共に沈むとや思ひけん、惣然《ぼつぜん》として大きに怒り、左手《ゆんで》を伸ばして鶴の前の、左の袂をしかと捉へ、刀を抜いて安良子が、引きとめたる袖《そで》もろ共に、ただむき（腕）をはたと切り、背《そびら》をいたく蹴《けっ》たりけり。憐《あわれ》むべし安良子が、腕《かいな》は主《しゅう》の片袖をつかめるままにざんぶと落ち、その身もつづいて船べりより、まつさかさまに沈むにぞ、鶴の前も後《おく》れじとて、安良子に抱きつき、波を披《ひら》きて飛び入り給へば、賊が左手に引きつかみし、袂はちぎれて手に遺《のこ》り、ぬしは忽地《たちまち》うたかたの、泡と消え去《ゆ》く折しもあれ、海上俄頃《にわか》に風起りて、いとも烈しき荒波に、船は落葉の閃《ひらめ》くごとく、揺り揚げられ揺りおろされ、往方《ゆくえ》もしらずなりにけり。

そして、この時の女主従の袖と腕とは、後に徳寿丸と蟻王主従が船を襲った大蛸の死骸を調べている時に発見されて、彼女たちの悲劇的な運命を弟と夫に伝えることとなる。

当下《そのとき》蟻王は船べりにつきたる章魚《たこ》の足を引き放ちてこれを見るに、長サ六尺にあまりて、疣《いぼ》の大きさ、米五六升を納《い》るる瓢《ひさご》の如《ごと》く、その間に苔《こけ》生ひて、疣の内には、雑魚《ざこ》もくづなど夥《あまた》あり。「章魚は物をとり啖《くら》ふに、疣をもてまづこれを吸ふといへば、足は彼が胃《いぶくろ》にこそ」とて、猶《なお》うち返しつつ見るに、綾の片袖を握りもちたる腕、疣の内にありけり。こは訝しと思ふから、とかくして鑿り出して見るに、その袖の長やかなる、綾の色など、すべて鶴の前のうはぎに似たり。是れ握りもてる掌《たなそこ》のちいさきは、女の腕なるべし。さては鶴の前も、安良子も入水して、この大章魚の腹を肥しけん、あな浅ましとばかりに、あきれ惑ひて茫然《ぼうぜん》たり。

馬琴の作品の魅力は、このような短い引用でもある程度伝わりはするが、彼の最大の特徴は、くり返すが張り巡らされた緻密《ちみつ》な伏線と読者を深く満足させる結末の、雄大な構想と周到な巧みさだ。その結果描き出される俊寛像の、途方もない虚構でありながら安っぽさも薄っぺらさもまったくない、格調高い実在感だ。それをここでは説明できないのが何とも苦しい。紙幅の都合もさることながら、結末をばらして読者の楽しみを奪いたくない。

とは言うものの、実はこの名作が（馬琴の作品の多くがそうだが）活字で手軽に読めるかたちではまったく出版されていない。ぜひ何とかして原作を読んでほしいし、どこかが出版してほしい。文章はとてもわかりやすいから、たぶん高校生でも、ひょっとしたら中学生でも読めるだろう。

これに限らず馬琴の作品はいずれも実に面白く、かつ質が高い。私は海外文学も現代文学も漫画も映画も好きだ。しかし、それらのすべてが古色蒼然《こしょくそうぜん》、単純素朴に見えるほど、こういう江戸時代の作品を読んでいると、しばしばその斬新《ざんしん》さや巧妙さにうなる。もっともっとこういう読み物をたくさんの人たちが手軽に読める環境を出版社や教育機関は整えてほしい。愛国心を陶冶《とうや》するなら、こういうものを読ませることだ。誰だってもう、日本を愛さなくてはいられなくなるにちがいない（註3）。

### 時代の反映？

このような江戸時代の作品を見ていると、近代の小山内や倉田の作品は、これら江戸の俗文学の存在を充分に意識して、より原点の『平家物語』に戻ることで、庶民の卑俗な文化である歌舞伎の残滓《ざんし》を排除して格調高い近代劇の確立をめざしたのかとも思う。菊池や芥川の俊寛像はそれがもう一度裏返されたととるべきなのかもしれない。

なお、最近の『平家物語』をもとにした小説では、たとえば宮尾登美子『宮尾本 平家物語』（二〇〇一〜〇四年）の俊寛は原作そのものに特に潤色を加えておらず、森村誠一『平家物語』（一九九四〜九八年）も描写は詳しくなっていても新解釈は加えていない。両者とも厳密な考証に基づく歴史小説という姿勢をとっているため、大衆文学的な大胆な解釈を排して原作に拠《よ》る方向が再び生まれているのだろう。

## 真実はあるのか

　さて、このように一つの事実に基づいて解釈次第でまったくちがった物語が作られてしまうのは、古今東西珍しいことではない。トロイ戦争を謳《うた》った叙事詩『イーリアス』がラシーヌの『アンドロマック』やジロドゥの『トロイ戦争は起こらない』を、赤穂《あこう》浪士の仇討《あだう》ち事件をもとにした歌舞伎『仮名《かな》手本忠臣蔵《でほんちゅうしんぐら》』が鶴屋《つるや》南北《なんぼく》『東海道四谷《とうかいどうよつや》怪談《かいだん》』や芥川龍之介『或《ある》日の大石内蔵介《くらのすけ》』を、また史実や伝説によらない作品でさえ、シェイクスピアの『ハムレット』が志賀《しが》直哉《なおや》『クローディアスの日記』や太宰治『新ハムレット』やトム・ストッパード『ローゼンクランツとギルデンスターンは死んだ』を生んだように、事件の状況や登場人物の心理についてさまざまな観点から新しい物語を作るのは文学の王道でさえある。昨今静かに流行している「ファンフィクション」「二次創作」という映画やアニメの翻案パロディもその伝統の上にあるだろう。

　だが、それを、この俊寛像のようにあまりにも鮮やかに異なる諸相で見せられると、「本当の俊寛がどういう生涯を送り、どういう心境だったのかは誰にもわからない」という当然のことをあらためて思い知らされる。そして、それは実は『平家物語』に登場する他の人物、他の事件のほとんどにもあてはまるのではないかということにも思いいたらざるを得ない。

**註**

（1）千明守『平家物語が面白いほどわかる本』（中経出版）は、赦免時に俊寛はすでに死亡していたとする。

（2）アメリカ大陸の先住民の部族の王女で、入植者の英国青年と恋をし、部族の指導者であった父が青年を殺そうとしたのをかばって後に彼と結婚したとの伝説がある（史実はやや異なる）。

（3）なお、江戸時代における諸方面での『平家物語』の受容については、榊原千鶴『平家物語——創造と享受』（三弥井書店）が仮名草子、女訓《じょくん》物、紀行など幅広い分野にわたって検討している。

## 第二回　高倉宮御謀反——相少納言の役割

第二の反乱「高倉宮御謀反」に移ろう。

### わかりやすい挿話

『平家物語』は、複雑にからみあって発展してゆく歴史を、非常に象徴的でわかりやすい挿話を用いて聴き手（読者）に理解させるという手法をくり返している。平家一門が貴族たちの抵抗にあいつつ勢力を拡大してゆく過程を、ただ一夜の忠盛の行動の中に描いた例は前にふれたが、この第二の反乱では、それがさらに無駄のない巧みな逸話となって語られる。

治承四年（一一八〇）四月に起こった、この乱の中心となるのは、高倉宮（この時に帝位にあった高倉天皇とは別の人）という後白河法皇の第三皇子で、以仁王《もちひとおう》とも呼ばれる。『平家物語』の中では、この人は天皇家の命によって動くというかたちを整えるためにかつぎ出されており、実際の企てを行ったのは源頼政《よりまさ》として描かれている。ここが当時の普通の聴き手や読者には謎《なぞ》である。

頼政は名前からも明らかなように源氏であるから、平家一門の興隆の中では不快や不満もあったことは察しがつく。しかし、彼はもうこの時に七十七歳である。口がうまくて（押しよせてきた僧兵たちを、「こんな弱い私の軍勢が守っている門を突破して都にお入りになっては皆さんのお名前に傷がつかないかと心配で」とか説得して、平重盛が守っている別の門の方へ行かせてしまったという実績がある。巻一「御輿振《みこしぶり》」）、歌が巧みで（なかなか出世しないので、それを嘆く歌を詠《よ》んだのが評価され、三位《さんみ》の位にまでのぼっていた。巻四「鵼《ぬえ》」）、武勇にもすぐれていた（天皇を不眠症にしていた、頭は猿、身体は狸《たぬき》、しっぽは蛇、手足は虎、鳴き声は鵼、という怪物を矢で退治した。巻四「鵼」）という。カッコの中は『平家物語』がそう書いているので、真偽のほどは確かではない。少なくとも「鵼」が紹介するような怪物がいたのは嘘《うそ》だろうが、しかし、頼政はそういう伝説を生む要素のある人だったということは推測できよう。

『平家物語』の描く頼政は、このように剛胆で優雅で機略にとみ、現実的で酸《す》いも甘いも嚙《か》みわけた老獪《ろうかい》な人物である。激情にかられて自分を失うとか、周囲が見えないで馬鹿なことをするとかいうこととは最も遠い人物として描かれている。その彼がこの年齢になって、なぜこのような計画を思いついたのか。

『平家物語』がその理由として紹介する挿話は、この物語に多く登場する同様の例の中でも秀逸だ。頼政の息子仲綱《なかつな》が大事にしていた「木の下《こした》」という名馬がいた。これを清盛の三男宗盛《むねもり》が欲しがって、強引に貰《もら》い受けたばかりか、気持ちよくくれなかった（当然である）というので、腹いせに馬を「仲綱」という名にあらためて焼き印を押し、

客人来つて「聞え候名馬を見候はばや」と申しければ、「その仲綱めに鞍《くら》置いて、引出せ、仲綱め乗れ、仲綱めうて、はれ」なんどぞ宣《のたま》ひ、（巻四「競《きおう》」）

ということをした（註1）。

これで仲綱が激怒した。父の頼政は、もともと惜しむのはみっともないから馬をやれと言

っていた。「たとひ黄金《こがね》を以《もっ》てまろめたる馬なりとも、それ程《ほど》に人の乞《こ》はう物を、惜しむべきやうやある」という、この時の彼の言葉を読むと、こういう宗盛のような、しつこい、うざったらしさも、それに対応してねばるのも、頼政のような洒脱《しゃだつ》で聡明な人は、しんから嫌で我慢できなかったのだろうと、しみじみ同情したくなる。その頼政もまた、この宗盛の行為に「平家の威勢をかさにきて、何をしても許されると思っている、その愚かさが我慢できない」と謀反を決意したという。

たかが馬で、と思いそうだが、この挿話のすみずみまで行き届いて描かれる宗盛の愚かさと鈍さ、それを許して増長させる周囲の状況は、権力におごる恐ろしさと情けなさを描き尽くして抜群の説得力がある。この話がどこまで真実かはともかく、これと似たさまざまなことが山ほど積もり積もったのだろうと、いやというほど想像できる話である。ご丁寧にもこの話の後に『平家物語』は、宗盛の兄重盛が、宮中で蛇を見つけて周囲の女性たちに気づかれないようさりげなく捕えて衣の袖に引き込み、当時六位の蔵人だった仲綱に渡して捨てさせ、その礼に見事な馬を贈った話を添えている。「美女を訪ねていく時にでも乗るように」と伝えた重盛に対し仲綱も「昨日のお姿は、作り物の蛇を持って舞う『還城楽《げんじょうらく》』のようでした」と答えを返す。人がちがうだけで、たとえ源氏と平家の間でもこれだけ優雅で洒落た人間関係も作り出せるものを、と駄目押しする『平家物語』の叙述は強烈だ。この時、仲綱がさらに蛇を渡して捨てさせる郎等《ろうとう》（家来）が、この反乱をめぐる逸話でこれまた痛快な「競《きおう》」という章段の主人公、渡辺競《わたなべのきおう》である。

## さわやかな風

いろいろあって、この反乱も決起の前に露顕してしまう。だが頼政一族は先の鹿ヶ谷の変を企てた成親をはじめとする公家たちのように悠長ではないから、こちらもいちはやくそれを察して、高倉宮ともどもすばやく都を脱出し、宇治《うじ》の平等院《びょうどういん》にたてこもって奮戦する。激流の宇治川を渡りあぐねる平家の大軍は、橋板を引き落とした狭い橋げたの上で、軽業まがいの奮戦をする荒法師《あらほうし》たちに手こずるが、弱冠十七歳の足利又太郎忠綱《ただつな》が一族郎等を率いていっせいに渡河を敢行したのをきっかけに大軍が川を越え、あとは多勢に無勢で頼政たちは全滅し、高倉宮も流れ矢にあたって死ぬ。

悲劇的な結末なのに、この反乱には、鹿ヶ谷の変にはなかった奇妙な明るさが漂う。

それは『源平盛衰記』がいうところの「王城一の美男」渡辺競（宮尾登美子『宮尾本 平家物語』では、彼が都大路を歩くと「美しさに女たちは皆めまいがして倒れるという話もある」とまで書かれている）が、主君の頼政から連絡をもらいそこねて都に居残ってしまい、宗盛から呼び出されて「頼政など見限って自分に仕えないか」と言われ、「涙をはらはらと流いて」、朝敵となった人に仕えるより、こちらにお仕えしたいですと宗盛の家来になり、一日「競はあるか」「候（おります）」、「競はあるか」「候」とかわいがられたあげく、立派な馬まで貰い、その夜が暮れるが早いか自分の屋敷に火をかけて頼政のもとに走り、仲綱と相談して、もらった名馬に「宗盛」と焼き印をして追い返したため、宗盛は激怒して「競めを生捕にせよ。鋸《のこぎり》で頸《くび》切らん」と躍り上がり躍り上がりして怒った（競は生け捕りになどならず、後に三《み》井寺《いでら》で勇ましく戦って討死する）という「競」の段の痛快さか。

あるいは、急を知らされた高倉宮を女装させて逃がした後の御所を一人で守って奮戦し、捕えられて宗盛の前に引き出されても臆《おく》せず堂々と機転のきいた返答を返し、流罪になって後に源氏の代になって恩賞を受けた長谷部《はせべ》信連《のぶつら》（彼については、また後に述べよう）を描く「信連」の段の爽快《そうかい》さか。

または、「橋合戦」の段の、狭い橋げたの上で、褐《かち》（深藍色）の直垂《ひたたれ》、黒皮縅《くろかわおどし》の鎧《よろい》、黒漆《こくしつ》の太刀《たち》、という黒ずくめの格好の荒法師浄妙房明秀《じょうみょうぼうめいしゅう》が、大音声《だいおんじょう》で名乗ったあと、二十四本の矢を次々に射て十二人を殺し十一人を負傷させ、弓と箙《えびら》を投げ捨てて毛皮の沓《くつ》を脱いではだしになり、京の大路を走るように橋げたをさらさらと走って敵に接近し、

長刀《なぎなた》で向ふ敵五人薙《な》ぎ伏せ、六人に当る敵に逢うて、長刀中より打折つて捨ててげり。

その後、太刀を抜いて戦ふに、敵は大勢なり、蜘蛛手《くもで》、かく縄、十文字、蜻蛉《とんぼ》返り、水車《みずぐるま》、八方すかさず切つたりけり。矢庭に八人切りふせ、九人に当る敵が甲《かぶと》の鉢に余りに強う打当てて、目貫《めぬき》の元より丁《ちょう》ど折れ、くつと抜けて、河へざぶと入りにけり。頼む所は腰刀、ひとへに死なんとぞ狂ひける。（巻四「橋合戦」）

というアクロバットのような妙技を見せながら、次の法師と入れかわり（橋げたの上で「失礼！」と彼のかがんだ上を飛び越えて交替した、その法師一来《いちらい》は討死）、引き上げて来た平等院の芝の上で傷をあらため灸《きゅう》をすえ、念仏唱えて戦いの最後は見届けずに一人とっとと引き上げていくとぼけた余裕か。

まるで首謀者頼政の人物像のように、この反乱は鹿ヶ谷の変のような素人臭さや手際の悪さ、それによって引き起こされるみじめさ、しめっぽさ、哀れさがない。プロの仕事の心地よさ、ゲーム感覚の楽しさが随所にあふれる。その中でひときわ目立つ宗盛の情けなさにも、それなりの理由があるのだが、このことは後で述べよう。

## 失敗の原因

話が戻るが、鹿ヶ谷の変の首謀者成親に対して『平家物語』の作者はほとんど同情していない。

鹿ヶ谷の変の首謀者たちは、崖《がけ》から突き落とされてとがった竹に刺し貫かれて死んだ成親、拷問《ごうもん》の後、口を割かれて処刑された西光《さいこう》（藤原師光《もろみつ》）、配流先で孤独に死んだ俊寛など、今でもそうだが当時の人が聞いてもたぶん非常に後味の悪かっただろう悲惨な最期を遂げている。これらはどれもおそらく事実に近いだろう。それらの処断にあたったのがすべて清盛かどうかは確認できないが、『平家物語』の書き方では彼が知らなかったとは考えにくい。

ひきかえて、高倉宮御謀反の場合には、宮が流れ矢にあたったとはいうものの、頼政たちはいずれも武士らしく自害、討死していて惨《むご》たらしい死ではない。信連などは許されて後に褒賞《ほうしょう》を得ている。清盛はまだ存命で健康だが、ここで平家の代表として処分にあたっているのは『平家物語』の中では宗盛である。

これはあくまでも推測なのだが、無惨な最期を遂げた人たちや悲惨な結末を迎えた事件には、人は何らかの「そうなるのもしかたなかった」原因を求めたがる（註2）。時には差別意識にさえもつながりかねない、単純明快で安易な因果応報観である。成親への『平家物語』作者の冷淡さの原因はいくらかはそこにあるのかもしれない。

そこで、『平家物語』は成親の反乱はそもそもが間違っていた、彼は任官のことで不満を抱くべきでなかったのだという見解を示す。その理由として、彼が昇任を祈願した時、賀茂《かも》神社の神託（石母田正《いしもだしょう》『平家物語』〈岩波新書〉が、下手な歌と笑ったご神詠《しんえい》「桜花《さくらばな》賀茂の川風うらむなよ散るをばえこそとどめざりけれ」）もその他のお告げもろくな結果ではなかったことを強調する。なのに不満を抱き、乱を企てたから、失敗し悲惨な最期を遂げたのだ。この論理は聴き手を安心させるだろう。

この反乱のもう一人の首謀者で、やはり残虐な処刑で死んだもう一人の首謀者西光法師についても、それ以前の明雲僧正《めいうんそうじょう》流罪をめぐる僧たちの争いの記述で、同様の配慮がなされている可能性がある（巻二「座主流《ざすながし》」）。彼のそういう悲惨な死は、当然の報いでもあったのだと聴き手を納得させようとする配慮である。その意味では、この部分の僧たちの動きの記録は客観的かつ正確と鵜呑《うの》みにするのは危険である。

高倉宮御謀反の場合、作者がこのような配慮をしていないのは、先に述べたように弱く愚かな者が惨く殺されるやりきれなさが、この乱には少なかったせいか、頼政という実在の人物の人気のゆえか、他にも理由はあるだろう。特に高倉宮という皇族の一人が実際に参戦し戦死していることは、『平家物語』の作者の論理では説明がつけにくかったろう。

結論としては頼政も高倉宮も『平家物語』の作者は悪者にしない。彼らの反乱は間違ってはいない。だが、そうなら、なぜ失敗したのか。昔も今も人々は特に庶民は、こういうことには納得のいく説明を聞きたがる。諸行無常や不条理と片づけるだけでは満足しない。

そこで作者は、責任を他の人物に押しつける。頼政が話を持ちかけてきた後、「宮はこの事如何《いかが》あるべからんとて、暫《しば》しは御承引《ごしよういん》も無かりけるが」と迷っておられた。ところが少納言維長《これなが》というすぐれた人相見で、相《しよう》少納言と呼ばれていた人物が、この頃、宮を見て「位に即《つ》かせ給ふべき相まします。天下の事、思し召しはなたせ給ふべからず」と言った。そこで宮は決断し「ひしひしと思し召し立たせ給ひけり」（巻四「源氏揃《げんじぞろえ》」）ということになる。で、「これは相少納言が不覚にはあらずや（これは相少納言の責任ではないだろうか）」（巻四「通乗之沙汰」）と、『平家物語』の作者は結論づける。人相見の言葉が高倉宮を動かした。責任は宮でも頼政でもなく、相少納言にある。このようにして作者は聴き手を納得させるのだ。

**註**

（1）仲綱は馬を渡すにあたって「恋しくは来ても見よかし身に添ふるかげ（影＝鹿毛）をばいかが放ちやるべき」の歌をつけたが宗盛は黙殺した。松本章男『新釈平家物語』（集英社）は、こういう歌を宗盛が返せばよかったのだという例歌まで示して彼の無神経さを批判している。

（2）第一章第一回註7にもあるように、人々は自分の住む世界が、因果応報という法則にのっとって運営されていてほしいと願うのである。

## 第三回　頼朝の旗上げ

第三の反乱は、源頼朝の旗上げであるが、これはもうすでに反乱とは言えないかもしれない。先の二つの反乱の場合と異なり、東海道で両軍が遭遇した富士川の戦いに平家は戦わずして敗走し、頼朝は後を追わずにそのまま鎌倉に引き上げてもう一つの政治の中心を作っていくことになるからである。

### 荒法師文覚

頼朝は、源氏の中心的存在で平治の乱（平治元年〈一一五九〉）で清盛に敗れ非業の死を遂げた源義朝《よしとも》の子で、後に登場する範頼《のりより》や義経とは腹違いの兄である。父や兄たちがすべて討死した平治の乱の時、十四歳で平家の捕虜となり、清盛の継母池禅尼《いけのぜんに》という女性の命乞いで一命をとりとめ伊豆に流罪になっていた。その彼が三十四歳になった治承四年（一一八〇）後白河法皇の院宣《いんぜん》（法皇の命令書）をうけて平家追討のいくさを決意する過程で、『平家物語』は文覚《もんがく》という異色の人物を大活躍させている。

『平家物語』によると、文覚は若い時遠藤盛遠《もりとお》という武士だった（彼の出家のきっかけとなっ

前田青邨『洞窟の頼朝』(1929年、大倉集古館蔵)

た恋を描いた芥川龍之介の『袈裟《けさ》と盛遠』という小説がある)。十九歳で出家し、真夏に藪《やぶ》の中に七日間転がって寝ていて虫に全身くまなく刺されたり、真冬の雪の熊野で滝にうたれて死にかけたりという荒行を重ねたあげく、強引な勧進《かんじん》(寺のための寄付をつのること)を行って世を騒がせ、遠流《おんる》になった。

その流されていく途中でも役人たちを自らの思うままに従わせ、海が荒れて護送の船が沈みそうになると、船べりに出て竜王を名指しで呼んでどなりつけたところが、ただちに海が鎮まるという、異様なまでの迫力の持ち主である。この文覚が伊豆に着いて同じ流人の頼朝と交際を始めてまもなく、「人格者の重盛が死んで、平家はもう滅亡する運命にある。今、この世で支配者の資質を持つのはあなたしかいない。平家を討ちなさい」と勧め、とんでもないと断る頼朝に、いきなり布に包んだ髑髏《どくろ》を一つ出して見せ、「これは私が刑場から盗んできた、お父上のしゃれこうべですぞ」と言って決意をうながす。

「何やら小さいように見えるが」「子どもの時の髑髏です」などという冗談にもなるぐらい有名な場面だが、そういう笑い話を生むのもうなずけるほど、文覚のすることや言うことはすべて何やら怪しい。頼朝だって「一定《いちじょう》とは覚えねども」（本当かどうかわかったものではないと思ったけれど）父の髑髏と言われれば一応涙は流した、という。それでもつい、「院宣がなくては」と言ってしまう。すると文覚は「取ってきましょう」と言って、自分も流人の身でありながら、ひそかに福原《ふくはら》（現・神戸市兵庫区）まで行って、法皇の院宣をもらって来るのである。

結局、それで頼朝は乱を起こす（と『平家物語』では書いてある）。最初は敗北して主従七騎で落ちのびるなど絶体絶命の時もあったが（この時、大木のうろに隠れていた頼朝たちを発見したのに見逃すのが、後に義経と不仲になって彼を陥れたとされる梶原景時《かじわらかげとき》）、後に盛り返して、大軍で東海道を京都に向かって進軍してくる。

## 富士川の水鳥

もちろん、平家も迎え撃つ。重盛（この時すでに病没している）の長男維盛《これもり》が若い指揮官となり、上総守忠清《かずさのかみただきよ》が補佐して東海道を東へ進み、やがて富士川を境に両軍は向かい合う。

ところが両岸の騒がしさに脅《おび》えた水鳥が、夜明けにいっせいに飛び立ったその羽音で平家側は源氏の総攻撃と錯覚し、上を下への大騒ぎで全軍敗走してしまった。夜が明けて川を渡って源氏の軍が突撃してみると、敵陣には「蝿《はえ》だにも翔《かけ》り候はず」と兵士が報告したほど誰もいなかった。話題にして語り伝えなくてどうするというような話ではある。

都でこれを聞いた清盛は激怒して、維盛を鬼界が島に流せ、忠清を死刑にせよと言ったが、なだめる人たちもいて、そのままになった。その激怒のせいではあるまいが、この後清盛がひどい熱病となり、「供養など何もしなくていいから、頼朝の首を墓の前にかけろ」とのあくまで彼らしい遺言を残して死ぬことになる。

こんなことで名が残ってしまった維盛だが、彼はこの後、平家一族の中で常に一人、人々と距離をおいた行動をとり、最後は戦線離脱して熊野で自害する。彼の遺児六代御前《ろくだいごぜん》にまつわる話が『平家物語』の最後を飾るのだが、そのことは後で述べよう。

**源氏はどのように戦うか**

水鳥の羽音に平家が驚いた理由の一つは、前夜に維盛が、かつて源義朝の麾下《きか》で戦った経験もある老将斎藤別当実盛《さいとうべつとうさねもり》を呼び出して（何しろ若い維盛たちの世代は、それまで源氏と戦ったことがないから）、「源氏とは、どういう連中なのだ、どんな戦い方をするのだ、おまえのような強弓《つよゆみ》をひく者は多いのか」と聞いたのに対して実盛が語った言葉のせいもあるだろう。

さ候へば、君は実盛を大箭《おおや》と思し召し候か。僅《わず》かに十三束《ぞく》（手で握って十三回分の長さの矢）こそ仕《つかまつ》り候へ。実盛程射候《いそうろう》者は、（関東）八箇国に幾らも候。大矢と申す定《じょう》の者の、十五束に劣つて引くは候はず。弓の強さも、したたかなる者五六人して張り候。かやうの精兵どもが射候へば、鎧の二三領《りょう》は容易《たやす》う射とほし候。大名一人と申すは、せいのすくない定、五百騎に劣るは候はず。馬に乗ッつれば落つる道を知らず。悪所を馳《は》すれども馬を倒さず。軍《いくさ》は又親も討たれよ、子も討たれよ、死ぬれば乗り越え乗り越え戦ふ候。西国の軍と申すは、親討たれぬれば孝養《きょうよう》し、忌《いみ》あけて寄せ、子討たれぬれば、その思ひ嘆きに、寄せ候はず。兵糧米《ひょうろうまい》尽きぬれば、春は田作り、秋は刈り収めて寄せ、夏は暑しと言ひ、冬は寒しと嫌ひ候。東国には、すべてその儀候はず。（巻五「富士川」）

と、「かう申せば、君を臆せさせ参らせんとて、申すには候はず」（別におどかそうと思って言っているわけではありません）などといくら実盛が言ってはいても、結果として「兵《つわもの》ども、これを聞いて、皆震ひわななきあへり」という状態になっていた。

実盛のこの発言が与える印象は強烈で、読んだ人はたいてい源氏のイメージとしてここを覚えてしまうだろうが（註1）、彼がこんな発言をあえてした意図はよくわかっていない。

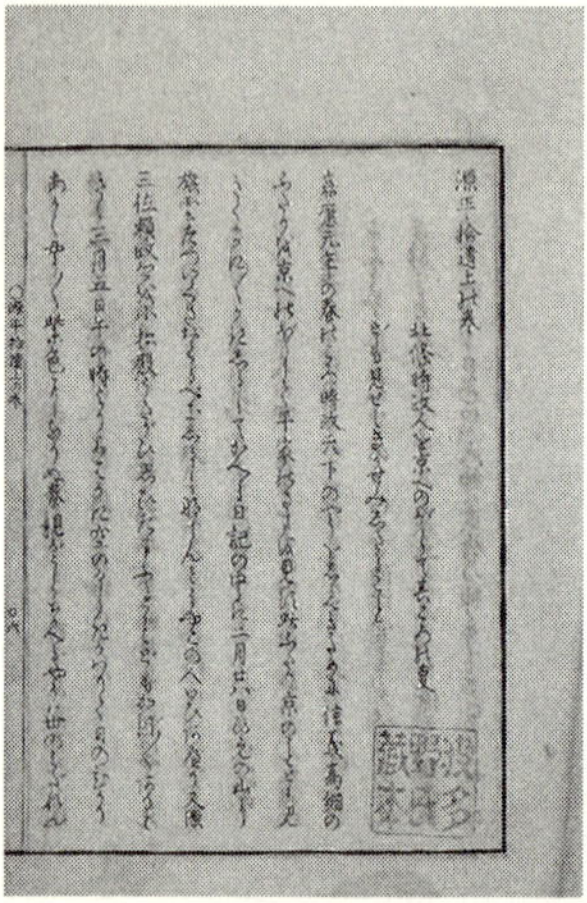

『源平拾遺』上巻冒頭

江戸時代の国学者藤井《ふじい》高尚《たかなお》『源平拾遺《しゅうい》』（板坂所蔵の版本）は、異本の一つというふれこみで、『平家物語』の登場人物たちが物語の中の戦闘を分析批評するという楽しい本だが、この部分の実盛の発言を、味方の士気を低下させる愚かなものと批判している（註2）。たしかに、登場人物の言うことはたいていの場合納得できる状況と理由がある『平家物語』の中で、この発言はやや異色である。ただ、次で述べる「積極策、強攻策を肯定する」『平家物語』の傾向からすると、これもまた、平家が敗北するにいたった理由「するべき時に戦いをしない」を、総括的な予言として述べている言葉なのかもしれない。

## 頼朝という人物

『平家物語』の弱点として、後白河法皇と頼朝という政治的に重要な人物を、充分に描けていないということがよく指摘される。それでもさまざまな場面で比較的よく登場する法皇に比べ、頼朝は鎌倉という遠隔の地にいたためか、描かれることそのものが少ない。後で述べる『平家物語』全体の構成の中で、彼の果たすべき役割があまりなかったということもあるだろう。

他にも『平家物語』が頼朝にあまり注目しなかった理由として、この作品が戦闘を分析する際に彼は不適当だったということもあるかもしれない。『平家物語』には常に聴き手や読者の疑問や興味に丁寧に答えようとする姿勢があり、個々の戦闘に関しても、勝敗の原因をよく分析する。

そして、これについての『平家物語』の基準はきわめて単純で、夜討ち、不意打ち、強行突破が常に成功の秘訣《ひけつ》であり、それをしなかったから負けたという分析しかないと言っても言い過ぎではない。

高倉宮御謀反の時の宇治川をはさんでの膠着《こうちゃく》状態が打ち破られるのは、足利又太郎忠綱という若武者が一族を率いての一斉渡河の強行だった。佐々木八郎『平家物語評講』がすでに指摘しているように、この場面は一の谷の戦いでの鵯越《ひよどりごえ》の坂落としの時、先頭切って崖を下る佐原《さわらの》十郎義連《よしつら》の描写なども共通する（ちなみに、このような時、ほぼ同様の文章や描写がくり返されるのは、聴き手や読者に「ああ、そういう場面なのだな」と手早く理解させる一種の符《ふ》牒《ちょう》であって、こういった常套句《じょうとうく》の頻出は決して作者の力量のなさを示すものではなく、むしろ一つの技法と見るべきである）。「このままではどうなるかわからなかった時に」これで戦況が変わった、という説明が常に付される。

同じ高倉宮御謀反の際、戦いの帰趨《きすう》を大きく左右したのは、三井寺（園城寺《おんじようじ》）の僧兵たちの参戦が遅れたからであり、これは平家に通じていた真海《しんかい》という法師が議論の場の長広舌で、故意に出発を遅らせたからだった。一九七〇年代の学生大会や昨今の大学の教授会をも連想させる、その題名も「永僉議《ながのせんぎ》」（巻五）という章段である。ここでも「時機を逸する」ことが敗北につながるという判断が真海その人にも作者にもある。さらに屋島の戦いのあと、疲労困憊《こんぱい》した源氏軍が眠り込んでいた時に、平家が奇襲をかければひとたまりもなかったのに、先陣を誰がするかの内輪もめで遅れてしまい、押しよせることができなかったのを「せめての運の窮《きわ》めなれ」（よくよく運命に見放されたものだ）と評する（巻十一「弓流《ゆみながし》」）など、『平家物語』の作者は常に積極策を支持し、消極策や慎重論を評価したためしがない。

これは、強行突破の積極策の典型ともいうべき、一の谷の合戦での敵の背後の崖からの坂落とし、続く屋島の合戦では嵐の海上のわずか五艘の船の疾走と、いずれも奇襲で大勝利をおさめた義経の印象の強烈さもあるのだろう。しかしむろん現実の戦いはそのように単純なものではなく、『平家物語』の中を見てさえも、「水島合戦《みずしま》」（巻八）など積極策が失敗した例はある。だが、作者はそのような場面を名場面としてふくらませない。消極策や慎重論は話として作りにくいのは確かだからやむを得ない面もある。

そのような軍事的分析の観点しか持たない『平家物語』にとっては、奇妙な成り行きとはいえ富士川の戦いでともかく勝利した後、都に向かって進軍せず、そのまま鎌倉に引き返してしまい、そのことが悪い結果を招かなかった頼朝という人物は、見せ場を作りにくい以上に都合の悪い存在だったのかもしれない。

## 文覚のその後

ところでこの間、文覚が何をしていたかというと、さっぱり現れてこないからわからない。たきつけるだけたきつけておいてどうしたのかと思うぐらい登場しない。彼が次に現れるのは、いきなり、ほぼ最後に近くなってからで、奇《く》しくも富士川の合戦で大敗した維盛の遺児六代御前の命を救うために活躍する。だが、その話はまた後にしよう。

### 註

(1) 川合康『源平合戦の虚像を剥ぐ』(講談社選書メチエ)は、この発言は史実に反しており、むしろ平家の軍の方が弓術にはすぐれていたと指摘する。

(2)『源平拾遺』は別の部分では、頼朝は前もって源氏の強さを都周辺にスパイを放って人々の間に広めていたのでこのような結果につながったとも述べている。

休憩時間の雑談　## 義仲の最期

### カッコよくない主人公？

「先生のこの『あらすじ暗記法』では、この次の部分に来る、木曾義仲に関する話が飛ばされてしまうのですね？」

「源氏どうしの戦いだから、源平合戦ではないけれど、たしかに彼のことにまるでふれないのは、ちょっと淋《さび》しい。義仲はこの後、北陸から兵をあげて平家を都から追い落とし、代わって都を占領するけれど、人心を掌握できないままに法皇と対立し、とうとう鎌倉の頼朝がさしむけた義経率いる同じ源氏勢によって討たれてしまう。清盛・義仲・義経の三人が、この物語の主人公と言われていたこともあります」

「ものすごく重要な存在じゃないですか」

「だから、飛ばしてしまうのは気がとがめる（笑）。それに、義仲と義経との戦いには、よく知られている逸話が多い。頼朝からそれぞれ名馬を貰い受けた若武者二人（佐々木高綱《たかつな》と梶原景季《かげすえ》）が宇治川の先陣を争い、『馬の腹帯がゆるんでいる』と先を行く景季に声をかけてだました高綱が、追い抜いて先陣を飾った話や、義仲の妻巴御前《ともえごぜん》が畠山重忠《はたけやましげただ》と馬上で対決し、つかまれた草摺《くさずり》をひきちぎった話など。でも、義仲その人の最期が何と言っても一番印象的です」

「勇ましいんですか？　カッコいいんですか？」

「それがねえ。最後の手勢を集めて源氏のさまざまな武将が率いる軍勢と遭遇しては蹴ちらすたびに、三百騎が五十騎、五十騎が五騎と味方が減っていき、『五騎が中《うち》まで巴は討たれざりけり』という巴御前を『最後まで女を連れていたとあっては』と言い聞かせて返す」

「それで巴は最後に義仲に見せようと敵と戦い、『首ねじきって捨てて』去るんじゃないですか？」

「そう、そして部下の中では四天王の一人と謳われた勇士で、乳母子《めのとご》でもある今井兼平《かねひら》に、義仲は『日来《ひごろ》はなにともおぼえぬ鎧が、けふは重うなッたるぞや』と語り、兼平は彼に自害をすすめる。敵をくいとめて戦ってくれている兼平を残して、死に場所を探して粟津《あわづ》の松原（現・滋賀県大津市）へ向かう途中、義仲は馬を田んぼに踏み込ませて身動きとれなくなったところを、敵の矢に射られて絶命する。それを知った兼平も『今は誰をかばはんとてか、いくさをもすべき』と刀をくわえて馬から飛び下り自害する。巴や兼平の潔く激しい戦いぶりに比べ、義仲の最期は、弱々しさやみじめさに似たものさえ漂います」

「そうですか？　特にみっともないことをしているようではありませんが」

「よく見れば、武将として精一杯のふるまいをきちんとしているのだけれど、それでも何だかそう見える。これは多分、描写のせいで、その発言にも行動にも、この物語の他の部分には見られない、ひどく突き放したリアルな描写がされているからです」

「じゃ、他の部分から浮いてしまって、しらけてしまうのですか？」

「いや、それは逆ですね。この描写が他の部分にはない強い感動を呼ぶし、もし、この義仲に関する一連の部分を欠いたなら、『平家物語』は全体としてかなり甘ったるい間延びしたものになったのではないかと思う」

「なぜ作者は義仲に対してだけ、そんな描写ができたのでしょう？」

「義仲のことが好きではなかったからだと思う。いつも皆さんに言うけれど、語り手の主観で描き方もそれから受ける印象も、がらりと変わるから油断できない。私は子どもの頃、義仲はすごくがさつで、滑稽な田舎者だと思っていた。でも、牛を使ったり、女性の巴を一方の指揮官にしたり、都の人には想像もできない戦法で連勝を重ねて北陸から都へ攻め上ってくる義仲は、今読むと、後半の義経にも匹敵する果敢で剛毅《ごうき》な武将とわかる。それが都に来てからは、京の文化になじめない様子ばかりが戯画化された滑稽さで強調される。牛車《ぎっしゃ》への乗りようも知らず、食事その他の習慣も都とは異なり、しかもそれを恥じもしなければ改めようともしない。義仲のそういう態度は堂々として誇り高いけれど、『平家物語』の作者は明らかにそうは思っていない。彼のすべてが軽侮《けいぶ》の対象でしかなかった。そのため彼の最期には作者は他の登場人物に見せたような配慮や思いやりを省いている。言いかえれば、正面から現実を見つめている。他の人物の場合には、見つめる勇気も描きつくす勇気もなかった現実を」

## 一騎打ち場面の特徴

「では、他の有名人物の最期の場合、『平家物語』の描写はどうなんですか？」

「わかりやすいところから言うと、『平家物語』には、集団での戦いもあるけれど、一方が著名な武将の一騎打ち場面もたくさんある。そういう場合、当人どうしの実力よりも、郎等・童《わらわ》と呼ばれる無名の従者の介入によって勝敗の帰趨《きすう》が定まることが多い。いくつか例をあげましょう。

「よれくまふ手塚」とて、おしならぶるところに、手塚が郎等をくれ馳《ばせ》にはせ来《きた》ッて、主をうたせじとなかにへだたり、斎藤別当《べっとう》にむずと組む。「あッぱれ、をのれは日本一の剛の者にぐんでうずな、うれ」とて、とッて引よせ、鞍のまへわにおしつけ、頸かききッて捨てヽげり。手塚太郎、郎等がうたるるをみて、弓手《ゆんで》にまはりあひ、鎧の草摺ひきあげて二刀《ふたかたな》さし、よはる処《ところ》にくんでおつ。斎藤別当心はたけくおもへども、いくさにはしつかれぬ、其上《そのうえ》老武者ではあり、手塚が下になりにけり。又手塚が郎等をくれ馳《ばせ》にいできたるに頸とらせ、（巻七「実盛」より、実盛と手塚太郎）

熊野そだち大ぢからのはやわざにておはしければ、やがて刀をぬき、六弥太《ろくやた》を馬の上で二刀、おちつく所で一刀、三刀までぞつかれたる。二刀は鎧の上なればとをらず、一刀はうち甲《かぶと》へつき入《いれ》られたれ共《ども》、うす手なればしなざりけるを、とッておさへて頸をかかんとし給ふところに、六弥太が童をくればせに馳来《はせきた》ッて、打刀《うちがたな》をぬき、薩摩守の右のかいなを、ひぢのもとよりふつときりおとす。今はかうとや思はれけん、（巻九「忠度《ただのり》最期」より、忠度と岡部六弥太）

立ち上らんとし給ふところに敵が童おちあふて、武蔵守の頸をうつ。（巻九「知章最期」より、知章と敵将）

堀が郎等、主につづいてのりうつり、景経《かげつね》が鎧の草摺ひきあげて、二刀さす。飛驒《ひだ》の三郎左衛門景経、きこゆる大力《だいぢから》の剛のものなれども、運やつきにけん、いた手は負《お》うつ、敵はあまたあり、そこにてつゐにうたれにけり。（巻十一「能登殿最期」より、宗盛の乳母子景経と伊勢三郎義盛）

まだあったかな」

「こう並べるとたしかに目立ちますね。誰か注目した人がいるのではありませんか？」

「論文関係ではあまり記憶がない。でも江戸時代の演劇では、この郎等にすごくこだわった筋書のものがあって、『ああ、やっぱり皆、気になるんだなあ』と妙に納得したりします」

「有名な作品ですか？」

「『一谷嫩軍記《いちのたにふたばぐんき》』（宝暦《ほうりやく》元年〈一七五一〉、並木宗輔《そうすけ》ら作）だから、有名と言っていいでしょう。歌舞伎や浄瑠璃の筋を口で説明するぐらいやっかいなことはないけれど（舞台を見たら、どうしてか、すっとわかるんだけどね）、要するにこの劇は平家の若武者敦盛《あつもり》の討死を中心に一の谷の合戦の裏話を想定した筋書で、『平家物語』の登場人物を大勢登場させて、入り組んだ人間関係を作っている。その中に平忠度を討った岡部六弥太が登場します。彼の陣屋で年はほぼ同じなのに六弥太の父親のようにふるまって、彼をこきつかって、やたらいばっている楽人斎《らくじんさい》という謎の人物がいる。歌舞伎や浄瑠璃は、『実は』の設定が大好きですが、この楽人斎こそ実は『平家物語』では名も出ない六弥太の郎等なのです」

「えええっ！」

「わざとらしく驚くな。もちろん、彼がなぜそうもいばって大きな顔をしているかというと」

「自分がいなければ、おまえは忠度を討てなかったろうが、と恩をきせる？」

「さらに言うなら、この郎等は『実は』、後に述べる一の谷の戦いで、平家一門の中でも主だった一人の重衡《しげひら》を見捨てて逃げた乳母子の後藤兵衛盛長《ごとうひょうえもりなが》の息子なのです」

「何とまあ」

「盛長のこの話はおそらく事実に基づくのでしょうが、彼は主人である重衡を捨てて逃げ、本来生け捕りになどなるはずもない重衡を恥多い虜囚《りょしゅう》の身にしてしまったことで、『負けるはずもない相手に負けてしまった』人たちが『なぜ、そんなことになったか』の理由となる郎等と同様の存在と言っていい。『平家物語』の中では、彼は後に京都に行った時に皆から指差されて悪口を言われて恥ずかしさに扇で顔をかくして歩いていたという以外、特に悲惨な報いがあったという後日談もない。それも『平家物語』という作品の品のよさだと思うけれど、だからこそものたりない思いをした人も多かったんでしょう。『一谷嫩軍記』はそれを、盛長の子どもたちが背負わなければならなかった十字架として描いている。ちなみに近松門左衛門の前出の浄瑠璃『平家女護島』で、女装して母の腰元になっている義経（牛若丸）の同僚である薄幸の少女雛鶴《ひなづる》は藤九郎盛長の姪ですが、この盛長とは別人です」

## 他の軍記物の場合

「そういう郎等の活躍は、単に現実の反映にすぎず、彼らが実際の戦闘でこのような働きをすることも多かったのかもしれないですね？」

「そこは非常に難しい。たとえば『太平記』では一騎打ち場面五例のうち、郎等の参戦が勝敗を決定するのは一例だけで、他は登場しても決定的役割ではありません。たとえばこのように。

河野《こうの》対馬守《つしまのかみ》が猶子《ゆうし》に七郎通達《みちとお》とて今年十六に成《なり》ける若武者、父を討《うた》せじとや思《おもい》けん、真前《まつさき》に馳塞《はせふさがつ》て、大高《だいこう》（敵の武将）に押双《おしならべ》てむずと組む。大高、河野七郎が総角《あげまき》をつかんで中《ちゆう》に提げ、「己れ程の小者《こもの》と組て勝負はすまじきぞ」とて、差のけて鎧の笠符《かさじるし》をみるに、其紋傍折敷《そばおしき》に三文字を書て着《つけ》たりけり。さては是も河野が子か甥歟《おいか》にてぞ有らんと打見て、片手打の下切《さげきり》に諸膝不懸《もろひざかけず》切て落し、弓だけ三杖計《みつえばかり》投たりける。対馬守最愛の猶子を目の前に討せて、なじかは命を可惜《おしむべき》。大高に組んと諸鐙《もろあぶみ》を合て馳懸《はせかか》る処に、河野が郎等共是を見て、主を討せじと三百余騎にてをめいて懸る。源氏又大高を討せじと一千余騎にて喚《おめい》て懸る。源平互に入乱て、黒煙《くろけぶり》を立て責戦ふ。（巻九）

爰《ここ》に備中《びつちゆう》国住人真壁孫四郎（陶山三郎）と、備前国住人伊賀掃部助《かもんのすけ》と、二騎田の中なる細道を、しづしづと引けるを、相模守追附《おいつき》て切《きら》んと、諸鐙《もろあぶみ》を合《あわせ》て、攻られける処に、陶山が中間《ちゆうげん》そばなる溝にをり立て、相模守の乗給へる鬼鹿毛《おにかげ》と云《いう》馬の、草脇《くさわき》をぞ突《つい》たりける。此馬さしもの駿足なりけれ共、時の運にや曳《ひかれ》けん、一足も更に動かず、すくみて地にぞ立たりける。相模守は近附て、敵の馬を奪はんと、手負たる体《てい》にて馬手《めて》に下り立、太刀を倒《さかさま》に突て立《たた》れたりけるを、真壁又馳寄《はせよせ》、一太刀打て当倒《あてたおさ》んとする処に、相模《さがみ》守走寄て、真壁を馬より引落し、ねぢ頸《くび》にやする、人飛礫《つぶて》にや打《うつ》と、思案したる様《さま》にて、中《ちゆう》に差上てぞ立れたる。（巻三十八）

これらと比較すると、『平家物語』の一騎打ち場面の郎等や童の役割は、やはりちょっと特殊な気がします。まあ、これも福田豊彦編『いくさ　中世を考える』（吉川弘文館）所収「戦士とその集団」などが述べるように、『太平記』では足軽の登場などによって、個人戦から集団戦へと戦闘の形態が移行しつつあるという事実を考慮しなければならないのだけれど。ちなみに『太平記』には、『平家物語』にはほとんどない、『逃亡する著名な人物を、無名の誰かが援助する』またはその反対に『援助しない』という設定の場面が頻出して、かなり印象的な趣向もあります。このように、作品によって作者が好む設定の傾向がやはり存在するのです」

**敗走する源氏を追撃する平家の郎等**
（『平治物語絵巻』より、個人蔵。高杉志緒氏の教示による）

**郎等を登場させる心境とは**

「『平家物語』の作者は、なぜ、そういう、著名な人物の敗北に郎等の介入が大きな役割を果たしたという説明をしたがるのでしょうか？」

「これは私の考えですが、郎等の参戦が勝敗を決定するというのは、換言すれば勝敗の原因を、敗者の内部ではなく、外部に求めることになります。それは、一騎打ち場面と戦闘全体との関係についても同様です。『平家物語』では、一騎打ち場面は平家滅亡の過程で、勝敗決定後の敗戦の状況を示す一部として描かれ、主要な人物が次々討たれていくことで敗北の実感を出す効果はあるけれど、彼ら個人の敗北が戦闘全体の結果を左右するみたいな描き方ではない」

「でもそれは、一人の人間の生死によって、戦闘の勝敗が決定することはあり得ないという考え方で、作者の体験から生まれた戦争や歴史の正しい把握ではありませんか？」

「私も最初はそう思っていました。でもだんだん、実はこれも一騎打ち場面に共通する内部原因の軽視ではないかと思えてきた。敗者に花を持たせる作者の配慮ではあるだろうけれど、苛酷《かこく》な現実を直視しない甘さにもつながっているのではないか」

「そうかなあ」

「森山重雄の『中世と近世の原像』（新読書社）が、平家の馬が船の中で飼われていたため弱っていて、源氏の馬がぶつかるとすぐに倒れてしまうという描写に注目しているけれどこれはむしろ珍しい例で、こういうリアルな描写は『平家物語』には少ないです。石母田正『平家物語』がこの物語の弱点として生活の感覚がないと指摘した通り、個人であれ集団であれ、平家一門が内部から消耗し憔悴《しょうすい》して滅びにいたるという印象を、あまり感じることがない。一の谷であれだけの主要な人々が死んだなら平家内部はかなり変化もしているはずなのに、それが伝わってこない」

## 強者の力を認めたくない

「先生の言う通りだとすると、また同じような質問になりますが、作者はなぜそういう描き方をしたがるのでしょうか？」

「これもまた、私の考えすぎかもしれないけれど、強者がすべてを支配する内乱の時代に生きた作者は、自らの運命が強者の意のままになるという不安や恐怖の克服のために、強者の力の限界を確認しておく必要があったのかもしれないと思う。いかなる苛酷な運命のもとでも、人間は何かをなし得るということを、作者が追求しつづけているのと、これは異なるようで同じ基盤を持っているではないか」

「もう少し説明していただけますか？」

「個人ではなく平家一門の場合でも、正しい方針によって、源氏は平家を追いつめることはできる。しかしそれも結局は神仏の後押しによるものであり、しかも最後の一撃は、神仏によって下される。これは、必ずしも神仏の力を高くかうわけではなくて、たとえ神仏の後押しがあっても源氏には負けなかったが、神仏が自ら姿を見せて、露骨に源氏を応援した以上、負けたのは当然だ、という、作者の考えてやった平家の弁明ではないか」

「敵に負けたのではなく敵を応援した運に負けたんだ、と？　敗者への思いやりでしょうか？」

「一騎打ち場面に多用される『運や尽きにけん』の一句もそうです。実盛にしろ忠度にしろ、大将軍が相手だったわけではない。本来なら討たれるべきでない相手にむざむざと討たれたのは、肉体か精神かその両方かにおいて彼らが消耗し疲弊していた結果だったこともあり得る。『斎藤別当（実盛）、こころはたけく思へども、いくさにはしつかれぬ、其上老武者ではあり』という説明からは、気《き》息奄々《そくえんえん》の戦いであったこともうかがえる。でも、その冷厳な現実を『平家物語』は往々にして見ようとしないし、徹底的には描かない。『第三者の介入がなければ』という要素を、あちこちですぐつけ加えてしまう」

「でも、それでは結局、戦闘に介入した（あるいは、しなかった）ことで結果を左右した無名の郎等や第三者が神や運命に近い存在になってしまうのではないですか？」

## ただひとつの例外

「それはあります。それに、現実にそのような『何でもない人物の行動が偉大な人物の運命を左右する』場合ももちろんあり得る。それを確認して自分たちの役割の大きさを楽しむ、無名で無力の聴き手や読者の思いもそこにはこもるのかもしれない」

「でも、運命はやはり、その時点での強者によって具体的にはもたらされます。平家を滅ぼした真の力が源氏でないにせよ、その力は、あくまで源氏を通じて平家に作用してくるわけですし、より大きな力の存在を知るためには、現実の勝者の力を確認することから始めるしかないんじゃないですか？」

「その通りです。強者や勝者の力を虚構で弱めて、自らの運命決定を可能なように見せかけなくても、強者や勝者に思いのままに虐《しいた》げられてなお、人間の偉大さや美しさは少しも損なわれはしないのですけどね」

「義仲の場合だけは、作者はそれを直視できた？」

「そう、彼に迫るものを、まじろがずに見つめて描いている。次々に減少していく味方の人数。疲労しきって希望も失われた身体に生まれて初めて感じる鎧の重さ。一人で死ぬために戦場を去りながら泥田に馬の足をとられ身動きならなくなったところを、彼は無名の武者の矢に射止められ首をとられる。自害することさえもできず、戦うことも美しい言葉を残すこともできなかった、あまりにも散文的な死ですけど、何の美化もないその最期にいたるまでの道程は、そのあからさまな飾りのない描写ゆえに、義仲という人物を『平家物語』の他のどの人物よりも、ずっしりと手ごたえのある確かな存在としている。彼の疲労も、彼の孤独も、よそよそしく突き放して描かれたことで、かえってなまなましい実感をともなって伝わってくるのです」

# 第三章　後半のあらすじ——三つの戦い

## 第一回　一の谷の合戦——美しいものが華やかに散る

さて、前半の三つの反乱を終わって、後半の三つの戦いになる。

第一の戦いは寿永三年（一一八四）二月に行われた「一の谷の合戦」である。

鎌倉の頼朝を攻めあぐねているうちに、頼朝や義経の従兄弟《いとこ》にあたる木曾義仲が北陸から京都に迫る。ついに平家は幼い安徳天皇と三種の神器を擁して都を脱出する。

だが義仲が、鎌倉の頼朝がさしむけた義経の軍勢と戦って滅びるという、源氏どうしのいくさが続いている間に、現在の神戸市須磨《すま》区の一の谷に城郭を構えた平家は再起をはかって次第に力を貯える。

そこへ義仲を滅ぼして都の新しい支配者となった義経たちが攻め寄せる。

## 大手、搦め手

「鹿も四足《よつあし》、馬も四足、鹿の越え行くこの坂道、馬の越せない道理はないと、大将義経まっ先に」「続く勇士も一騎当千、鵯越《ひよどりごえ》の坂落としに、平家の一門驚きあわて、屋島をさして落ちてゆく」という歌を歌えるお年寄りも次第に少なくなっているだろうが、昔は知らない者がなかったこの唱歌からもうかがえるほど有名な、平家がまったく予想していなかった背面の崖《がけ》からの攻撃で一気に勝敗が決する。そのため、これを指揮した義経の印象が強烈だが、本来は彼は搦《から》め手《て》すなわち側面攻撃の指揮官であり、大手つまり正面の攻撃を指揮したのは兄の範頼（頼朝の弟。ただし、母親は頼朝とも義経とも異なる）であった。この人にはこれといった逸話も『平家物語』の中にはなく、印象が薄い。だが、平家が源氏の攻撃を予想して周到な砦《とりで》を作って防衛にあたった正面の戦いは激烈で、梶原景時父子の奮戦など、印象的な場面を残している。

## 『笈の小文』

江戸時代の松尾芭蕉《ばしょう》の紀行と言えば『おくのほそ道』を知らない人はいまい。だがその少し前に彼が近畿地方を旅して記した紀行『笈《おい》の小文《こぶみ》』（宝永《ほうえい》六年〈一七〇九〉）も明るく楽しい名作だ。特に一の谷の古戦場で昔を回顧する描写は、『おくのほそ道』の奥州平泉《ひらいずみ》の高舘《たかだち》で義経の最期を思いやる場面と好一対をなす名文である。

其代《そのよ》のみだれ、其時のさわぎ、さながら心にうかび、俤《おもかげ》につどひて、二位のあま君、皇子を抱《いだき》奉り、女院《にょういん》の御裳《おんもすそ》に御足もたれ、船《ふな》やかたにまろび入らせ給ふ御有さま、内侍《ないし》、局《つぼね》、女嬬《にょじゅ》、曹子のたぐひ、さまざまの御調度もてあつかひ、琵琶、琴なんど、しとね、ふとんにくるみて船中に投入《なげいれ》、供御《くご》（天皇の食べ物）はこぼれて、うろくづ（魚）の餌となり、櫛笥《くしげ》はみだれて、あまの捨草《すてぐさ》となりつつ、千歳《ちとせ》のかなしび此《この》浦にとどまり、素波《しらなみ》の音にさへ愁《うれい》多く侍《はべ》るぞや。

私はよく学生に、この文章を紹介して、「暗記しろとは言わないが、この一文を味わい、頭にイメージを思い浮かべ、刻みつけろ。そして覚えなさい、『これが一の谷の戦いだ』と」と怪しげなご託宣のようなことを言う。つまり、美しい裳裾《もすそ》を乱して船に乗る女性たち、ご馳走や贅沢《ぜいたく》な調度が取り散らされて波にもまれ砕けてゆく、この華やかなものが一気に散っていく美しさ、悲惨さ、残酷さ、華やかさ、これが『平家物語』が描く一の谷の戦いの雰囲気なのである、と説明することにしている。

## 花々のように

一の谷の戦いの部分の章段の題名「忠度最期」「重衡生捕」「敦盛最期」「知章《ともあきら》最期」を見てもわかるように、この戦いでは平家一門の主要な人々が、中堅若手次々に散っていく場面がひきもきらずに連続する。これも昔は皆が歌えた有名な歌「一の谷の軍《いくさ》敗れ、討たれし平家の公達《きんだち》あわれ、暁《あかつき》寒き須磨の嵐に、聞こえしはこれか青葉の笛」「更《ふ》くる夜半《よわ》に門《かど》を敲《たた》き、わが師に託せし言《こと》の葉あわれ、今わの際《きわ》まで持ちし箙《えびら》に、残れるは『花や今宵《こよい》』の歌」(「青葉の笛」、明治三十九年〈一九〇六〉の歌詞に登場するのは、十六歳の少年敦盛と、歌人としても武人としても知られた忠度の最期である。

追いすがる敵(岡部六弥太)に「味方だ」と機略に富んだ答えを返した忠度は、貴族風に黒く染めた歯で見破られて相手に組みつかれると「無粋なやつ、こっちがそう言っているのだから見逃せばよいのに」と余裕のある言葉を返して有利に戦いを進めたが、相手の従者の加勢によって形勢逆転、片腕を切り落とされながらも「念仏を唱える間待て」と相手をもう片方の手で投げのけ、討ちとられたあとに残った箙には美しい歌を記した短冊が残っていた。

「これは御方《みかた》ぞ」とて、ふり仰ぎ給へる内甲《うちかぶと》を見入れたれば、鉄漿黒《かねぐろ》なり。「あつぱれ御方には鉄漿つけたる者はないものを。平家の公達にてこそおはするにこそ」とて、押並べてむずと組む。（略）薩摩守（忠度）は聞ゆる熊野育ち、究竟《くつきよう》の早業にておはしければ、「につくい奴かな。御方ぞと云はば云はせよかし」とて、やがて刀を抜き六弥太を、馬の上にて二刀、落ちつく所で一刀、三刀までこそ突かれけれ。（略）取つて押へて、頸《くび》を掻《か》かんとし給ふ処に、六弥太が童、後馳《おくれば》せに馳せ来つて、打刀を抜き、薩摩守の右の肘《かいな》を臂《ひじ》のもとよりふつと打落す。薩摩守「今はかう（もうこれまで）」とや思はれけん、「暫《しば》し退《の》け、十念唱へん」とて、六弥太を摑《つか》うで、弓長許《ゆんだけばか》りぞ投げ退けられたり。その後《のち》西に向ひ、「光明遍照十方世界、念仏衆生《しゆじよう》摂取不捨」と宣《のたま》ひも果てねば、六弥太後より寄り、薩摩守の首を討つ。好《よ》い大将軍討ち奉つたりとは思へども、名をば誰とも知らざりけるが、箙《えびら》に結《ゆ》ひつけられたる文を取つて見ければ、「旅宿花《りよしゆくのはな》」と云ふ題にて、一首の歌をぞ詠《よ》まれたる。

　行き暮れて木《こ》の下陰を宿とせば花や今宵の主《あるじ》ならまし

忠度と書かれたりける故にこそ、薩摩守とは知りてげれ。（巻九「忠度最期」）

かと思えば、優美で勇猛な、若手の指導者の一人であった重衡は、乳兄弟の思わぬ裏切りに衝撃を受け、捕虜になってしまう。

三位中将《さんみのちゅうじょう》（重衡）の馬の三頭《さんず》（尻の部分）を箆深《のぶか》に射させて弱る処に、乳母子の後藤兵衛盛長、わが馬召されなんとや思ひけん（この場合、そのために盛長は名馬に乗って脇をかけているので、自分の馬を渡して主君を逃がし、その場で討死するのが当然）、鞭《むち》をあげてぞ落《おち》行《ゆき》ける。三位中将これを見て、「如何に盛長、年ごろ日頃はさは契らざりしものを、われをば捨てて何処《いずこ》へ行くぞ」と宣へども、空《そら》聞かずして、鎧《よろい》につけたる赤符《あかじるし》（平家方の目印）かなぐり捨てて、只《ただ》逃げにこそ逃げたりけれ。三位中将、敵は近づく、馬は弱し、海へ打入れ給ひけれども、そこしも遠浅にて、沈むべき様も無かりければ、腹を切らんとし給ふ処に、梶原より先に庄四郎高家《しょうのしろうたかいえ》、鞭鐙《あぶみ》を合せて馳せ来り、急ぎ馬より飛下り、「まさなう候（それはよくありません）。何処までも御供仕らん」とて、わが乗つたりける馬に掻き乗せ奉り、鞍の前輪《まえわ》にしめつけて、わが身は乗替《のりかえ》に乗つて、御方《みかた》（源氏）の陣へぞ帰りける。（巻九「重衡生捕」）

ちなみに、義仲を最後までかばって激しく戦った今井兼平を筆頭に、おめおめと捕虜になった宗盛を奪還しようと敵に挑んで討たれた飛騨三郎景経、知盛と手に手を取ってともに入水した伊賀平内左衛門家長《いがのへいないざえもんいえなが》など、乳母子と主君の結びつきは兄弟の親愛に主従の献身が加わる、非常に純粋で熱烈なもののはずだった。『平家物語』には、乳母子たちのそのような主君への無私な献身を示す行動がまたたく星のように点在している。それを思えば、この時の重衡の茫然自失は想像するに余りある。

### 家庭としての戦場、職場としての戦場

ところで先の芭蕉の一文を読んでいて、もう一つわかることがある。それは、戦う武士だけの戦闘集団が赴いてきている源氏側にひきかえ、平家側は優雅な女性も交えた日常の平和な生活の場がそのまま戦場になっていたということだ。

そしてヴェルネルは、戦争というものがじぶんの国土で行なわれたら、どんなにおそろしく、むごたらしいものかということを、合衆国の人びとがはたしてほんとうにわかっているだろうか、と考えました。

これは一九四七年に書かれたドラ・ド・ヨング『あらしのあと』（吉野源三郎訳、岩波少年文庫）の一節である。第二次世界大戦をはさんだオランダの平凡な医師の一家の戦前と戦後を描いた児童文学の名作で、この部分は、少年時にこの一家に助けられて、オランダからア

メリカに亡命し、アメリカ兵となって戦後再びヨーロッパを訪れたユダヤ人の青年ヴェルネルの感懐である。

一方で、紀元前四一六年頃に書かれたエウリピデスのギリシャ悲劇『トロイアの女』（松平千秋訳、『ギリシア悲劇Ⅲ』ちくま文庫所収）で、トロイアの王女カッサンドラは自国が敗北し都が焼かれ、自らは奴隷として敵地に引かれる運命を前に、毅然《きぜん》として言い放つ。

自分の国、自分の町を守るためというのならばともかくも、故郷遥かな、このスカマンドロスの河床に、空しく斃《たお》れたギリシアの兵士たちは、愛《いと》し児《ご》の顔も見られず、妻の手に抱かれて葬られる望みも空しく異郷の土となったのです。あとに残った者たちも、これに劣らぬみじめさで、夫を失った妻は空しく孤閨《こけい》を守って命を終え、年老いた親たちは、長の年月育てあげた子らの帰る望みも絶え、死んで葬られたとて、供養してくれる者もないという憐れな有様、なんと輝かしい戦果ではありませぬか。

この不幸な王女の言葉を、誇り高い負け惜しみとだけは言えまい。遠い異国に戦いに行って死ぬ者にも、生まれ育った生活の場を修羅《しゅら》の巷《ちまた》とされる者にも、戦争は等しく無惨だった。だが、その無惨さの質は、それでもやはり異なってはいる。

都落ちの時に、泣いてすがる北の方を振り切って家族を同道しなかった維盛以外は、平家の一門はほとんどが家族を連れてきている。そもそも幼い安徳天皇も連れてきているのだから、王都がそのまま移動していると言ってもいい。動いているからわかりにくいが、結局これはさまざまな戦争で、故郷や暮らしの場がそのまま戦場になった場合と同様であり、家族と暮らす生活の場を守るために平家一門は戦わなければならなかった。

それにひきかえ、源氏の武士たちにとっては、この戦いは仕事である。功績を上げ、評価され、報酬としての領地をもらうことが目的である。

功績の上げ方は大きく言って二つある。一つは攻撃の際に先頭をきって一番乗りをすること。これをめぐって、いくつもの名場面が生まれている（義仲と義経の対戦の際の、佐々木高綱と梶原景季の宇治川での先陣争いは最も有名）。もう一つは有名な敵を倒し、首を切って持ち帰り、戦いの後の「首実検」で名前を確認してもらうこと。

「その日の功名の一の筆にぞつきにけり」という記述がくり返されるように、このような功績は記録され、鎌倉の頼朝のもとへ送られる。そのために戦う源氏の武士たちの多くにとって、敵は平家よりむしろ味方であった。同僚より先がけして手柄を上げることこそが、多くの源氏の侍たちの目的であった。

ていた。

## 褒賞を求めて

敦盛を討つ熊谷《くまがい》次郎《じろう》直実《なおざね》はなかでもそのような功名と、その報酬を求める人として描かれていた。

そもそも彼は義経に従って搦め手にいたのを、攻撃前夜に息子の小次郎直家《なおいえ》に、

　この手は悪所を落さんずる時に、誰先と云ふ事もあるまじ。いざうれ、これより土肥《どひ》（実平《さねひら》）が承つて向うたる播磨路へむかうて、一谷の真先懸けう。（巻九「一二《いちに》之《の》懸《かけ》」）
（この戦線は険しい崖だから、一気に皆で落ちていく総攻撃になり、誰が先陣ということはわからない状態になるだろう。さあ、土肥実平たちが指揮している正面攻撃の戦線の方に行って、一の谷の砦の正面で先陣をきって手柄をたてよう）

と相談し、十六歳の小次郎も、「然《しか》るべう候」と賛成する。若い息子と真剣に相談する直実がほほえましいが、それだけ切実さも伝わる。さらにこの後すぐ二人が気にするのは平山《ひらやまの》武者所季重《むしやどころすえしげ》という同輩で、彼も同じことを考えているはずだと下人を探りに行かせ、季重と彼の下人が馬が長々草を食うのが憎らしいとか、その馬とも今夜で別れだとか言っている会話から、彼らも大手（正面攻撃軍）に行くのだと判断して遅れないように急いで親子は移動

する。彼らのような立場では、このような勝手な行動も許される程度の軍規だったわけだ。平家の砦の正面に着いた親子は、「同じことを考えている者は他にもいるはずだから、とにかく名乗っておかないと」と大声で名乗りをあげる。しかし、まだ夜も明けておらず砦の中はしんとして、聞いた平家も「疲れさせておけ」と出て来ない。

そこに平山もやってくる。しかもこの時、「如何《いか》に熊谷殿はいつよりぞ」「直実は宵より」とのやりとりの後、彼が親子に語る話がこれまた印象的だ。

季重もやがて続いて寄すべかりつるを、成田五郎に謀《たばか》られて、今まで遅々《ちち》したるなり。成田が死なば一所で死なうと契る間、さらばとて打連れて寄する間、「痛う平山殿先懸けばやりなし給ひそ。先をかくると云ふは、御方《みかた》の勢を後に置いて、先をかけたればこそ、高名《こうみょう》不覚をも人に知らるれ。只一騎、大勢の中にかけ入つて討たれたらんは、何の詮《せん》にかあらんずるぞ」と云ふ間、実《げ》にもと思ひ、小坂のあるをさきに打上《うちのぼ》せ、馬の頭を下り様《さま》に引立てて、御方の勢を待つ処に、成田も続いて出で来り。打竝《なら》べて軍の様《よう》をも言ひ合せんずるかと思ひたれば、さはなくて、季重が方をばすげなげにうち見て、やがてつと馳せ抜いて通る間、「あつぱれ、この者は謀つて、先かけうどしけるよ」と思ひ、五六段許《ばか》り先だッたるを、「あれが馬はわが馬より弱げなるものを」と目をかけ、一もみもうで追着いて、「まさなうも季重程の者を、謀り給ふものかな」と云ひかけ、打捨てて寄せつれば、遥《はるか》に下りぬらん。よも後影《うしろかげ》をも見たらじ。(同前)

成田五郎という武士は、いつも死ぬなら一緒と誓い合っていた仲で、「抜け駆けしても先陣を切って討たれても、味方も誰も見ていないと、何もなりませんからねえ」と言うので皆といっしょに行こうと待っていたら、彼は自分をすっと追い抜いていった。だまされたと思って、馬は自分の方がいいからと追いかけたら、果たして途中で追い越した。追い抜く時に嫌味を言ってきた、と言うのである。

**味方こそが敵**

ライバルは他にもいたのだ。いやもっといたのかもしれない。夜が明けるとさすがに平家も応戦して戦いが始まるが、「先に名乗ったのは熊谷だが、平山は木戸の中に先に駆け入った」ということで「一二の懸《かけ》をば争ひけれ」とある。ここの解釈は微妙だが、「どちらを先陣と認めるか後に問題になった」とも読めるのではないか。

こうなるともはや敵は平家ではない。いじましいとも興ざめとも思える彼らの発想や行動はしかし真剣で切実である。これも知られている話だが、ここで間もなく河原《かわら》太郎・次郎という兄弟が登場し、死を覚悟で砦の中に侵入し、平家に討たれる。最初は平家もあまりの無謀に驚いて「しばし愛せよ（適当にあしらっておけ）」と手加減しており、二人の頸を見た知盛は「生かしておきたかった」と残念がったという。だが、この二人の行動はどう考えても味方の勝利を願ったものではない。兄は突撃前に弟に「大名はわれと手を下さねども、家人《けにん》の高名を以て名誉す。われらは自ら手を下さばは叶《かな》ひがたし」、だから自分は突入して死ぬから「わ殿（おまえ）は残り留《とど》つて、後の証人にたて」と言う。それに対して弟は「一人残り留つたらば、幾程の栄華をか保つべき」と一緒に死ぬことを望み、二人は下人に家族への遺言を頼んで突入する。

彼らを討たせたのを不覚として梶原景時が五百騎で突入、引き上げた時長男の景季が見えず、戻って必死に奮戦し救い出す（この時の話が後に景季が箙に梅の花を挿して戦ったという逸話を生む）。こうして河原兄弟や直実、季重らの戦いは全体の戦闘の中に呑み込まれていくが、緒戦での彼らの行動は、その後の全軍の激突とは意味や質がちがう。勝敗は別として（味方の勝利を確信しているからこそということはあるが）、これは現在の営業マンと同様の業績かせぎ、成績めあての必死のお仕事なのである。彼らのリアルなやりとり、かけひき、攻防は、たしかに品がないといえばないし、ロマンティックでないといえばない。だがそこにこそ、「戦争だって結局は事務的で生活の匂いのする日常から逃れられはしない」という、ため息をつきたくなるほどの現実がある。

**名乗らなかった少年**

そして、敦盛を殺すのは、この直実なのである。

熊谷次郎直実、「平家の公達《きんだち》、助船《たすけぶね》に乗らんとて、汀《みぎわ》の方へぞ落ち給ふらん、あっぱれ好《よ》からう大将軍に組まばや」とて、（巻九「敦盛最期」）

浜辺を必死で物色している時、「練貫《ねりぬき》に鶴縫うたる直垂《ひたたれ》」「萌黄匂《もえぎにおい》の鎧」「金作《こがねづく》りの太刀」「連銭葦毛《れんぜんあしげ》なる馬」、つまり豪華な模様の着物に薄緑色がかった鎧を着け黄金色の刀を差して白馬に乗った、目に思い浮かべるだけでも華やかで優雅な若武者が、沖の船まで行こうとして海に入っていくのを見る。扇をあげて「敵に後ろを見せるのか」と招き返すと戻ってきた。あっという間に馬から落として組み伏せて、首を取ろうと甲を上げると、

年十六七許《ばか》りなるが、薄化粧して鉄漿黒《かねぐろ》なり。わが子の小次郎が齢《よわい》程にて、容顔《ようがん》誠に美麗なりければ、いづくに刀を立べしともおぼへず。（同前）

動揺した熊谷は「名乗らせ給へ。助け参らせん」と口走る。少年は逆に熊谷の名を問い、直実が名乗ると、「汝が為には好い敵《かたき》ぞ。名乗らずとも首を取つて人に問へ。見知らうずるぞ」と答えるのだ。

『源平盛衰記』などでは、敦盛は名乗る。また敦盛の心境も描かれる。私はそのような描写を選んだ作者たちや好んだ聴き手や読者たちの気持ちが痛いほどよくわかる。それを聞きたかった、読みたかった、語りたかった人々の気持ちが。それはそれで読めば好きでもある。だが、感動という点では、『平家物語』の抑制した描写の方がはるかに多くのものを訴えかけてくる。

後でも述べるが、『平家物語』の登場人物たちは、戦いに敗れて勝者の前に引き据えられてもなお、言葉での戦いを放棄しない。訊問《じんもん》をごまかし、誇りを守り、時には相手を攻撃する。この場面での敦盛も、戦闘力では対戦にもならぬ相手に組み伏せられて死を待ちながら、なおも相手に屈してはいない。「汝が為にはよい敵」にせよ、「人に問へ。見知らうずるぞ」にせよ、とりようでは目いっぱい失礼な文句でさえある。「あなた程度の身分の者なら、私のような上等の獲物は非常に価値があるだろう。嘘と思うなら誰にでも聞いてみろ。皆が知っているほど私は有名人物だ」ととられてもしかたのない発言だ。

その威厳が直実をさらに「あっぱれ大将軍や」と感動させ、「この人一人討ち奉つたりとも、負くべき軍《いくさ》に勝つべきやうもなし。又討ちたてまつらずとも、勝べきいくさに負くる事もよもあらじ」と妙に理路整然とした判断をさせる（こういう奇妙に丁寧で合理的な説明をきっちりするのも、『平家物語』の一つの特徴で、それもまたこの物語が、多くの聴き手の疑問や不審に対応しつづけながら発展してきた結果だろうと私は推測している）。

さらに「（わが子の）小次郎が薄手《うすで》負うたるだにも、直実は心苦しうこそ思ふに、この殿の父、討たれぬと聞いて、いかばかりか嘆き給はんずらん」と、これまた誰にも否応なしに納得できるもっともすぎる判断をして、「あはれ、助けたてまつらばや」と決意する。

## 殺さないという選択

今あらためてこれを読み、その当然すぎるほど当然の論理の展開と、あっけないまで必然的に導き出される結論に私は軽く動揺する。殺すことが当然の戦場で、殺すまいという結論にたどりつく手続きが、こうも自然に簡単になされるという事実が逆に衝撃的だ。なぜ、たったこれだけのことが、人間には、私たちには、今も昔もできないのか。殺すのが当然の日常から殺さないという決意まで、踏み出す一歩はこんなに短いという希望と、それがどうしても踏み出せないという絶望に心がひきさかれてゆく。

授業で学生に『平家物語』の登場人物で知っている人は、と聞くと、まず敦盛の名前が上がることが多い。美少年だの何だのと理由はさまざまあるだろうが、『平家物語』の中で「那須与一《なすのよいち》の扇の的」と並んでこれほどによく知られるようになった名場面を、ここまで完成させるまでには、他の場面も同じだが、さまざまな人たちがこの時の直実の心を思いめぐらし、言葉を考え、つけ加えたのではないかと私は想像する。一人を殺すことは戦いの結果を左右しない、という理屈。これが自分の子どもなら、と思ったことをきっかけに生まれるこの人にも親がいるというわかりきった事実のあらためての認識。その結果「助けよう」という選択を、戦いや人殺しを生きのびるためでもなく思想信条のためでもなく、褒賞を得るための仕事としてきた、およそロマンティックとは縁遠い現実主義者が行う。そうさせるだけの論理と感情がここには凝縮されている。そして、よく考えれば、それは実は何の衝撃でも皮肉でもなく、そういう人だったからこそ、そういう判断に導かれることができたのではないか。この直実の心中の描写はそれを納得させる力がある。

だが、直実のこの決意は実行されない。背後から近づく味方の軍勢の足音に直実は、自分が逃がしても味方の手にかかってこの少年は殺されると知る。泣いて後の供養を約束する彼に少年は「早く首をとれ」としか言わない。涙ながらに首を取った直実がその首を包むために衣服をちぎろうとしていると、錦《にしき》の袋に入った笛が出てきて、前夜砦の外にいた時聞こえてきた楽の音が思い出される。結局これがきっかけで直実は出家した。笛などというこの世を楽しむ快楽、娯楽のためのものが、この世を捨てて仏の教えに目ざめる機会となるとはわからないものだ、と『平家物語』はこの章段をしめくくる。

直実はたしかに後に出家しているが、それは領地の争いによるもので、この事件のせいではないということは、すでに知られた事実である。その点では、これは『平家物語』の虚構であり仏教説話の一つにすぎない。だが、文学の側からの逆襲を許してもらえるならば、一人の人間が仏道に入る原因が領地の争いか昔の事件か、その他の何かか、それらのすべてか、そう簡単に決められるものでもあるまい。白洲正子『謡曲平家物語』(講談社学芸文庫)が、「敦盛の死が遠因になったことは疑えない。領地争いなどは、いわばきっかけを作ったにすぎまい」と言うように、この事件もまた、彼の生き方に何らかの影響を及ぼしたと考える方がむしろ自然なのではあるまいか。

なお、敦盛と同年の少年知章も、父の知盛をかばって敵に討たれた。井伏鱒二《いぶせますじ》の小説『さざなみ軍記』(昭和十三年〈一九三八〉)の語り手はこの知章で、ここで死んだのは誤報で実際には生き長らえていることになっている。

# 第二回　屋島の合戦——人生一度のスポットライト

第二の戦いは、寿永四年（一一八五）二月に行われた「屋島の合戦」である。一の谷を追われた平家は、今度は四国の屋島に陣地を作る。義経が再びそこに迫る。後に彼の没落の原因となったと『平家物語』が語る、軍目付《いくさめつけ》梶原景時との作戦をめぐる激論もあって、彼は直属の部下とわずかな軍勢を率いて船で屋島に向かう。

## 義経の強攻策

この時、軍の大半がついて来なかったのは、景時を慮《おもんぱか》ったこともあるが、激しい嵐だったせいもある。だが、ここでも一の谷の坂落としと並んで義経の積極策は印象的である。嵐の中で船頭たちを「船を出さなければ射殺す」と脅して出発させ、灯りも義経の船にだけつけて、暗黒の海上をたった五艘の船が暴風に吹き送られて疾走する。

この時に義経は船頭たちに対し、「向かひ風に渡らんと謂《い》はばこそ、ひがごとならめ」（巻十一「逆櫓《さかろ》」）、つまり、風向きが逆なのに船を出せというのなら私の無茶、無理難題だろうが、いくら嵐で強風でも順風ではないか、と言っている。『平家物語』には、このように筋の通る理屈をきちんと述べる発言が非常に多い。先にも述べたように、あらゆる聴き手や読者の反応に対処しようとする配慮が積み重なった結果だろう。

義経は上陸後も夜間の強行軍で一気に進んで平家の屋島の陣を落とす。最初からこの人数と知っておれば平家も負けはしなかったろうが、奇襲にあわてて陸を捨て、海上の船に逃れたのが致命的だった。「古兵《ふるつわもの》」後藤兵衛実基《ごとうびようえさねもと》のとっさの好判断でつけた火が、あっという間に平家の陣を焼きつくす。平家方はくやしがって、沖の大船から小舟を波打ち際に漕《こ》ぎ寄せ、浜辺に置いた楯《たて》の陰から矢で反撃する。

## 無名の人物たちの登場

大軍勢が激突するような戦闘ではなかったせいもあるだろう、この戦いでは、主だった人たちの討死はない。その点では一の谷の合戦に比べて地味なはずである（註1）。しかし少しもそういう印象がなく、むしろ『平家物語』と言えば誰でもがまずは知っている「那須与《なすのよ》一《いち》の扇の的」の話など有名な逸話が多く、非常に派手な戦闘のような錯覚さえ感じる。

この戦いで活躍し、逸話を残す人物はほぼ三人で、そのうち二人までが、ここ以外には登場しない。残る一人も印象的な活躍は他にはほとんどない。

だが、そのような無名の人たちにここでは惜しげもなくスポットライトがあたっている。

そして、そのスポットライトは時には後の時代まで消えずに彼らを照らしつづけている。

## 佐藤継信の討死

まず、佐藤継信《つぎのぶ》。彼は義経の忠臣たちの中では名門といっていい出自で、父は奥州信夫《しのぶ》（現・福島市）の豪族佐藤元治《もとはる》、母は義経の父義朝がかつて愛した熊野出身の女性である。『平家物語』の中では彼は、ここしか活躍の場面はない。しかも、それは即、死の場面である。

だが、平家の中でも最も勇猛を謳《うた》われる能登守教経《のりつね》が射かける矢に、次々と味方が倒される中、義経の前に馬を進めて身をもって主君をかばい、その矢を胸に受ける最期は、義経主従の絆の固さ、純粋さを後世に証明するものとして強烈な印象を残す。

　何事をか思ひ置き候べき。君の御世に渡らせ給はんを見参らせで、死に候はらんことこそ口惜《くちおし》う覚《おぼえ》候へ。さ候はでは、弓矢《ゆみや》とる者の、敵《かたき》の矢に当つて死なん事、元より期《ご》する所で候也。就中《なかんずく》に源平の御合戦に、奥州の佐藤三郎兵衛嗣信《つぎのぶ》といひける者、讃岐《さぬき》国八島《やしま》の磯にて、主の御命に代りたてまッて、討たれたりなど、末代の物語に申されむ事こそ、弓矢とる身には今生《こんじょう》の面目、冥途《めいど》の思出にて候へ。（巻十一「嗣信最期」）

「忠信最中」と「バウムクーヘン継信」
（吉兆松屋総本店製）

という最期の言葉も、それに涙してその日のいくさをやめ、寺に供養を頼んで自分の馬を与えた義経の行為とともに、まっすぐにさわやかでひたむきだ。

江戸時代、演劇で大ヒットした『義経千本桜』の主役は、この継信の弟忠信《ただのぶ》である。正確には彼に化けている狐であるのだが、この狐忠信の清らかな美しさの背後には、吉野で一人とどまって追っ手をくいとめ、義経たちを逃がしたと言われる忠信の伝説があり、そのまた背景には兄継信のけなげな討死が生み出す、人々のこの兄弟への深い思いがあるだろう。

もう二十年以上前だが、兄弟の故郷である福島県の信夫の里を訪ねたら、「忠信最中《もなか》」と「バウムクーヘン継信」というお菓子が売られていたりして、地元でも二人の名が大切にされているのが感じられてうれしかった。地元で伝わる兄弟の父母の伝説が、『平治《へいじ》物語』のそれと異なるのも、この兄弟にまつわる伝説の広がりと奥行きを示しているようだ（註2）。

## 那須与一

次に、那須与一。おそらく『平家物語』についてほとんど何も知らない人でも、これだけは知っている一つと言えば、彼が「扇の的」を射る話ではあるまいか。授業で学生に聞いても、まずこの逸話があがるし、高校の教科書などでとりあげられることも多い。

平家がここでなぜ、このようなことをしたのかはよくわかっていない。ともあれ、沖の軍船の中から小舟が一艘漕ぎ出され、へさきには（玉虫という名の）美しい上臈《じようろう》が乗っていた。彼女は扇をあげて、へさきに立てられた日の丸の扇を射よというしぐさをする。それに応えて源氏では、あれこれと人を選考した結果、与一を射手に指名する。責任の重さにいったんは断った彼は、義経の厳命に覚悟を決め、馬を海中に進める。

頃は二月十八日の酉《とり》の刻《こく》（午後六時頃）ばかりの事なるに、折節《おりふし》北風烈しくて、磯打つ浪も高かりけり。船はゆり上げゆりすゐ漂へば、扇も串《くし》に定まらず、ひらめいたり。沖には平家船を一面に並べて見物す。陸《くが》には源氏轡《くつばみ》を並べてこれを見る。何《いず》れも何れも晴ならずといふ事ぞなき。与一目を塞《ふさ》いで、「南無《なむ》八幡大菩薩《はちまんだいぼさつ》、わが国の神明、日光権現、宇都宮、那須温泉《ゆぜん》大明神、願はくは、あの扇の真中射させて給《た》ばせ給へ。これを射損ずるものならば、弓切り折り自害して、人に二度面《ふたたびおもて》を向ふべからず。今一度本国へ迎へんと思し召さば、この矢はづさせ給ふな」と、心の中に祈念して、目を見開いたれば、風も少し吹き弱り、扇も射よげにぞなつたりける。与一鏑《かぶら》を取つてつがひ、よつ引いてひやうど放つ。小兵《こひよう》といふ条、十二束三ぶせ《そく》、弓は強し、浦響く程長鳴《ながなり》して、あやまたず扇の要際《かなめぎわ》、一寸《いっすん》許りおいて、ひいふつとぞ射切つたる。鏑は海へ入りければ、扇は空へぞ揚りける。春風に一揉《ひともみ》二揉もまれて、海へさつとぞ散つたりける。皆紅《みなくれない》の扇の、日出したるが、白波の上に漂ひ、浮きぬ沈みぬゆられければ、沖には平家舷《ふなばた》を扣《たた》いて感じたり。陸には源氏箙《えびら》を扣いて、どよめきけり。（巻十一「那須与一」）

という名場面はあまりにも有名だ。しかし、この与一がまた、これ以外の場面ではまったく登場しない。景清や佐藤兄弟とちがって、後世にも彼にまつわる伝説はなく（吉川英治『新・平家物語』では弟の大八郎とともに、よく登場し活躍するが）、何か理由があったのかとかえって気になってしまうほどだ。

彼の弟那須大八郎が九州熊本の五家荘《ごかのしょう》へ平家の残党を追討に行き、そこの娘と恋に落ちたという美しい伝説が宮崎県椎葉村《しいばそん》に残る。しかし、この話も江戸時代にはさほど有名なふうではない。

松尾芭蕉は『おくのほそ道』で那須野の金丸《かねまる》八幡宮（現・那須神社。栃木県大田原市）に参詣した時、与一の扇を射る時の心境に思いをはせて涙する。与一が遠く故郷を離れた瀬戸内海の海上で、敵味方の注目を一身に浴びて波の上でただ一人、圧倒的な孤独と重責を感じながら「もし私を生きて故郷に帰らせたいとお思いなら、命中させて下さい。失敗したら切腹します」と祈った幼い頃からなじんでいた郷里の神社はここか、という芭蕉の感慨からは、彼が「扇の的」の伝説を熟知していたことがよく伝わる。この話は広く知られていたにちがいない。なのに、それから派生した伝説や後日談、物語が少ないのは不思議だ。あまりにも華やかな、完成された場面だからこそ、誰もうそこにそれ以上余分なものを、つけ加えたくなかったのだろうか。

那須義定『天の弓那須与一』（叢文社）は、与一の子孫である著者が謎の多い与一の生涯について綿密に調査した労作で、それによると与一は平家滅亡の後、建久《けんきゅう》四年（一一九三）に催された那須野の御狩《みかり》の際に頼朝の勘気を受け越後に配流されたが、これは梶原景時の讒《ざん》言《げん》によるものではないかという。頼朝と景時の死後、与一は許されて故郷に戻る。晩年は仏教に帰依していたとの伝説もある。この書が紹介する多彩な資料から、彼の一生がどのようなものであったかの結論を出すのは難しいが、あるいは彼は、これほどの華やかな場面の中心に立ちながら、それを損なわず、それに損なわれずに生涯を終えるという困難な課題を達成したのかもしれない。それは、波間にゆれる馬上から的を射抜くことのできた人の持つ素質にふさわしいもののようでもある（註3）。

**錣引き**

最後に、悪七兵衛景清《あくしちびょうえかげきよ》。この人は今ではそれほど有名ではないが、江戸時代の演劇や黄表紙では大活躍する有名人で、出番の多さは義経に肩を並べるほどである。後日談の世界では花形の彼だが、『平家物語』ではさほど活躍はしておらず、最も目立つのがここである。

与一が扇を射た後で、感嘆のあまりか、扇を立てていた小舟に乗っていた五十歳ばかりの武士が舞を舞った。義経の家来伊勢三郎義盛が、義経の命令として、これを射るよう与一に伝え、与一はこの老武者を射殺す。「情けなし」と慨嘆した者もいたと『平家物語』は記す（註4）。

「平家これを本意《ほい》なしとや思ひけん」、三人の武者が舟をこぎ寄せ渚に上がり、源氏を手招きする。「安からぬ事なり」と怒った義経の命で、源氏方からも数名の若武者が馬でかけ向かう。ところが、楯の陰から平家の一人が先頭を走ってきた美尾屋《みおのや》十郎の馬を矢で射倒し、美尾屋はすばやく飛び下りて刀を抜く。すると相手は大長刀《おおなぎなた》で向かってくる。

そこで、次のような場面となる。

美尾屋十郎、小太刀大長刀に叶はじとや思ひけん、かいふいて逃げければ、やがて続いて追懸《おつか》けたり。長刀にて薙《な》がんずるかと見る処に、さはなくして、長刀をば左の脇にかい挟み、右の手を差し延べて、美尾屋十郎が甲《かぶと》の錏《しころ》を摑《つか》まんとす。摑まれじと走る。三度摑みはづいて、四度の度《たび》、むずと摑む。暫《しば》しぞたまッて見えし。鉢附《はちつけ》の板より、ふつと引切つてぞ逃げたりける。残り四騎は、馬を惜しうで駈《か》けず、見物してこそ居たりけれ。美尾屋十郎は、御方《みかた》の馬の陰に逃げ入つて、息づき居たり。敵は追うても来で、長刀杖につき、甲の錏を差し上げ、大音声をあげて、「日ごろは音にも聞きつらん、近くは目にも見給へ。これこそ京 童《きょうわらんべ》の呼ぶなる、上総《かずさの》悪七兵衛景清よ」と名乗り捨ててぞかへりける。（巻十一「弓流」）

ここの顚末《てんまつ》は、謡曲『八島』にも登場する有名な場面で、つまり、長刀と太刀の戦いで、太刀の持ち手の方が逃げた。ところが長刀の主はそれを長刀で薙ぎ倒そうとせず、追って行って手で相手の甲の、首筋を保護するすその部分をつかんだ。「暫しぞたまッて見えし」というのは、そこで両者の力が拮抗《きっこう》し、互いに動かなかったということだ。そしてついに丈夫なはずの縫い目が切れて錏はちぎれて、つかんでいた方の手に残ってしまう。

馬や刀、鎧や甲など、武具や軍器にまつわる実戦経験者ならではの話題が登場するのも

『平家物語』の魅力であり、ここもその一つだ。同様の趣向に、義仲の妻巴御前と畠山重忠が争って巴御前の鎧の腰の部分の草摺がちぎれる「草摺引」の場面が『源平盛衰記』にあり、これは『平家物語』ではないが、曾我兄弟の弟五郎も強力の朝比奈《あさひな》に草摺をちぎられる。重忠が「女ではない、鬼神だ」と舌をまいたように、錣も草摺も、滅多にちぎれるものではなく、これは両者のいずれ劣らぬ大力を示すのに使われる趣向でもある。

だが、この景清と美尾屋の場合は現実にあった可能性が強い。後に二人が「腕の強さよ」「首の強さよ」と笑いあったという話がつけ加わるのは、やや誇張した脚色としてもだ。

この部分、景清の名が最後まで登場せず、謎めいた相手として語られるのにも、構成が工夫されているのを感じる。あるいは景清という人物の存在が次第に注目されていく中で、このような描写が生まれたのかもしれない。そして、相手の美尾屋十郎がまた、この部分のみにしか登場しない。それでしっかり名を残し、先にあげた江戸時代の黄表紙『源平惣勘定』などにもきちんと登場しているのが楽しい。

## つかの間の光芒

継信の戦死は別として、他の二つの話には近代の戦争ではあり得ない、優雅さやのどかさがただよう。いや、継信の戦死ですら、かわいがっていた若者菊王丸が継信の首を取ろうとかけ出して、継信の弟忠信に射殺されたのを悼《いた》んで戦いをやめて引き上げた教経、忠臣の死に涙して近くの寺に愛馬を渡して供養を頼む義経など、勇猛で知られた武将たちの思いがけない繊細さや温かさを描いて潔くさわやかであり、無惨さや悲惨な趣はない。前半の三つの反乱の二番目が、どこかゲームめいた明るさをもって描かれるように、この屋島の合戦も端役といっていい存在の人々が、まぶしいほどの脚光を浴びて歴史の舞台に躍り出て、すぐまた闇に消えていく。それは、主要人物が惜しげもなく華やかに散っていく一の谷の合戦とはまた異なる、人の生の輝きを私たちの目に焼きつける。そして、主要人物たちの戦死が多く、いきおい、それだけが描かれた一の谷の戦いでも、また他のどの戦いでも、描かれないだけで、彼らのような、あるいはもっと無名の人々がこのように戦っていたはずだということも、聴き手や読者はおのずと知るのだ。

**註**

(1) 北川忠彦『軍記物論考』(三弥井書店)は、「八島合戦の語りべ」において、本来一の谷や壇ノ浦とは「合戦のスケールのちがう」この戦いが二つの戦いと並ぶ「三大合戦に成り上がっ」たのは『平家物語』の役割が大きいとする。

(2)『平治物語』では父は早く死に、母が二人を育てている。郷土の伝説では二人の死後、父は義経を守って奮戦し討死する。詳しくは拙著『江戸を歩く』(葦書房)所収「お菓子になった兄弟」を参照されたい。

(3)とは言え、渡辺昭五『平家物語太平記の語り手』では、「実際の事実を考え想像してみると、たまたま与一の射た矢が偶然に平家の差し出した日の丸扇に当たった……というところで、周囲の十五、六人がそれを偶然に見ていて感心した程度」の合戦談が次第に誇張されたのではないかと指摘していて、それはたしかに十分に可能性があると思われる。

(4)この場面、昔私が読んだ子どもの本では「継信を殺された義経の心は荒れ狂っていた」と説明し、吉川英治『新・平家物語』は皆が与一が扇を射たのに喝采し興奮している時のことで、果たして義経の命令だったかわからないと書いている。それだけこれが心ない処置であるという印象を、皆が持つのでもあろう。

## 第三回　壇ノ浦の合戦

第三の戦いは、寿永四年(一一八五)三月に行われた最後の戦いである。関門海峡の壇ノ浦。ここで平家は滅亡する。

『平家物語』では屋島の戦いと壇ノ浦の戦いはひきつづいて記されている。しかし、それぞれの戦いの名場面の多さ、明らかにちがう雰囲気の描写などを見ても、別の戦いとして覚えた方が、内容を記憶するのには便利であるため、このように「三つの戦い」としてまとめた。

## 敗北への過程

坂東《ばんどう》武者は、馬の上でこそ、口はきき候とも、船軍《ふないくさ》にはいつ調練し候べき。魚の木に上つたるでこそ候はんずれ。一々に取つて、海に漬け候はん。（巻十一「鶏合《とりあわせ》 壇浦合戦」）

壇ノ浦開戦の直前、平家の人々が気勢をあげている時の悪七兵衛景清の言葉である。平家はもともと海のいくさに自信を持っており、この時の源氏の総大将義経の海戦を指揮する能力は未知数だったこともあって、この発言は平家一門全体の実感でもあったろう。

にもかかわらず平家の敗北した理由、言いかえれば義経の勝利した理由については、義経が潮流の変化を予測していたこと、非戦闘員の水夫や舵《かじ》取りも容赦なく殺害して船の航行能力を奪ったことなどが指摘されている。

『平家物語』では、当初は激しい矢の射合いで勝敗の行方は定めがたかったが、ある時点でどこからともなく白旗（源氏側は白、平家側は赤を旗印としていた）が舞い下りて源氏の船にかかり、かつ数千のイルカの群れが現れて、平家が占い師に予言させた直後、平家敗北を予感させる動きで通り過ぎたとする。それにひきつづいて『平家物語』は阿波民部重能《あわのみんぶしげよし》の裏切りによって、「好《よ》き人をば兵船に乗せ、雑人《ぞうにん》どもをば唐船《とうせん》に乗せて」源氏が大物をめがけて豪華な唐船を攻撃したところを、小舟に乗った精鋭で囲んで討とうという当初の計画が知られてしまい、総崩れになったと表現する。この前兆との因果関係は微妙だが、阿波民部の裏切りが大きな原因となったという記述のしかたとみてよい。

### 入水する人々

いくさの結末を予測して、まず二位尼《にいのあま》(清盛の妻時子)が、八歳の孫、安徳天皇を抱いて入水する。後を追った安徳天皇の母建礼門院は源氏の手で救いあげられる。三種の神器のうち、宝剣と神璽《しんじ》は二位尼が持って入水し、内侍所《ないしどころ》(鏡)だけを源氏は確保する。

主だった人々が鎧の上に碇《いかり》を背負う、または鎧を重ねて着るなどの周到な準備をして入水していく中、総大将の宗盛は船べりで呆然《ぼうぜん》としているだけで、見かねた平家の侍たちから海につき落とされる。十七歳の息子清宗《きよむね》も続いて飛び込むが、二人ともに泳ぎが上手なため沈めない。ついに源氏に引き上げられてしまう。この顚末を『平家物語』は悪意に近い揶揄《やゆ》をこめた慨嘆で紹介する。

人々はかやうにし給へども（それぞれ立派に入水していくけれども）、大臣殿《おおいどの》父子（宗盛と清宗）は、海に入らんずるけしきもおはせず、舷《ふなばた》に立ち出でて、四方見廻《みめぐ》らし、あきれたるさまにておはしければ、（平家の）侍ども、余りの心憂さに、通る様にて（通りがかりに）、大臣殿を海へ突き入れ奉る。右衛門督《うえもんのかみ》（清宗）これを見て、やがて飛び入り給ひけり。皆人は、鎧の上に、重き物を負うたり抱いたりして、入ればこそ沈め、この人親子は、さもし給はぬうへ、慭《なまじい》に究竟の水練にておはしければ、大臣殿は、右衛門督沈まば、われも沈まん、助かり給はば、われも助からんと思ひ、互に目を見かはして、泳ぎありき給ふ程に、伊勢三郎義盛、小船をツッと漕ぎ寄せて、先づ右衛門督を、熊手に懸けて引き上げ奉る。大臣殿是を見て、いとど沈みもやり給はねば、同じう取り上げ奉つてげり。（巻十一「能登殿最期」）

さらに、これを見ていた乳母子の飛驒三郎景経が義盛に切りかかり、一時は義盛を追いつめるほど奮戦するが、敵の助勢もあってそこで討死する。「大臣殿は、生ながらとりあげられ、目の前で乳母子が討たるるを見給ふに、如何《いか》なる心地かせられけん」（乳兄弟がここまで自分のために奮戦して死ぬのを見て宗盛は、いったいどういう感じがしたのだろうか）と作者は駄目押しの慨嘆をしている。

これほど丁寧に行き届いた、人を戯画化し否定する描写もなかなかあるものではない。後に述べるように、これは宗盛が作中で担う役割から強化誇張されていった面もあるだろう。しかし、その発端には、見かねてつき落とした味方の武士たちにも共通する、やりきれない吐息があったのではないかとも感じないではいられない。

すぐに続いてあまりにも対照的な能登守教経の壮絶な奮戦と死が描かれる。

(教経は)「今はかう」(もはやこれまで)と思はれければ、太刀長刀海へ投げ入れ、甲も脱いで捨てられけり。鎧の草摺かなぐり捨て、胴ばかり着て大童《おおわらわ》になり(髪をふり乱し)、大手をひろげて立たれたり。凡《およそ》あたりをはらッてぞ見えたりける。おそろしなンどもおろか也。能登殿、大音声を揚げて、「われと思はん者あらば、寄つて教経に組んで生捕にせよ。鎌倉へ下ッて、頼朝にあふて物一言《ものひとことばい》謂はんと思ふぞ。寄れや寄れ」と宣へども、寄る者一人も無かりけり。(同前)

そしてついに躍りかかってきた三十人力といわれた安芸太郎《あきのたろう》・次郎兄弟とその郎等の三人を道連れに海に飛び込む。

能登殿ちッともさはぎ給はず真先に進んだる、安芸太郎が郎等を、裾《すそ》を合せて、海へどうど蹴《け》入《い》れ給ふ。続いてよる安芸太郎を、弓手の脇にとッて挟み、弟の次郎をば、馬手の脇にかい挟み、一しめしめて、「いざうれ、さらばおのれら、死出の山の供せよ」とて、生年二十六にて、海へつッとぞ入り給ふ。（同前）

史実では教経は一の谷ですでに死んでいたという。だが、ここでこの活躍をさせているのは、平家の中で彼のように勇猛に戦う武将を他に設定しにくかったからであろう。あるいはすでに死んで実在しなかったからこそ、最後まで勇敢に激しく戦った人たちの総合体として創り上げるのに好都合だったのかもしれない。

## 知盛のふるまい

史実はどうあれ、『平家物語』の世界では、このように荒々しく戦う教経に「いくさも最後に近いのに、あまり罪作りはするな」と伝言をするのは知盛である。この忠告を「大物をねらえということか」と判断した教経は敵の大将義経を探し求めて遭遇する。しかし義経は、鎧姿で長刀も抱えたまま、別の船にひらりと飛び移って彼を避け（いわゆる「八艘飛《はっそうと》び」である)、やむを得ず教経は大手をひろげて組み打ちを呼びかける、という展開となる。

このように、宗盛とも教経とも異なって、凄絶《せいぜつ》な一門滅亡の局面で冷静で余裕ある姿勢を保ち、非人間的なまでに人間らしい視点を失わなかった知盛は、その前にも、女性たちのいる船で、「もう最後だから見苦しいものは海へ捨てなさい」と命じて「掃いたり、拭《のご》うたり、塵《ちり》拾ひ」船中かけ回って手ずから掃除をしている。戦いの中心にいても戦況の判断はしにくいものだから、女性たちが「状況はどうなっているのか」と聞くと、彼は「もうすぐ珍しい関東の男たちを見られますよ」と「からからと笑い」、女房たちは「こんな時に冗談を」と泣き叫んだとある。

『平家物語』を題材にした小説も映画もドラマも多く作られたが、このような人物像を、このように鮮やかに描き出す手腕で、原作をしのいだ作品を私はまだ見ていない。外国の戦争を描いた実話や伝説でも知らない。それが現実の知盛をどれだけ反映しているのかはわからないが、少なくともまったくの虚構ではあるまい。これはとても、想像で作り出せるような人格でも行動でもないからだ。

石母田正『平家物語』が指摘して以来、注目されるようになった知盛の最後の言葉、「見るべきほどのことは見つ」も同様の作り物とは思えない自然さと深さを持っている。

教経の死を見た彼は「見るべきほどの事をば見つ、今は自害せん」(巻十一「内侍所都入」）と言って、乳母子とともに、鎧を重ね着て身体を重くして海に沈む（歌舞伎『義経千本桜』では、その方が見た目に派手だから碇を背負うが、『平家物語』では鎧の重ね着である）。それを見た近くの侍たちも皆同時に海に身を投げた。

乳母子に裏切られて生け捕られた重衡や、部下に海につき落とされた宗盛らと、これもあまりに対照的な、関わりのある人間たちの温かく固い絆《きずな》に包まれて彼は最期をまっとうする。教経の死も潔く力強いが、知盛の死は敗北した側、滅亡した側のみじめさや悲惨ささえ感じさせない。超然とし、確固として歴史の中の自らの役割をつとめきったその姿勢は、つつましくて自然なだけに、同情や哀惜も拒絶するおごそかささえたたえている。

**歌舞伎『義経千本桜』より「碇知盛」の場面**（知盛＝中村勘九郎〔現・勘三郎〕2001年11月、中村座。写真提供 松竹株式会社）

この後にはもう戦いの描写はない。虜囚になった人の名前が連記され、彼らの処遇、京都の法皇への報告、と話は事後処理に移っていく。だが、その中に次の一文がある。

その中に、越中次郎兵衛、上総五郎兵衛、悪七兵衛、飛騨四郎兵衛は、何としてか遁《のが》れたりけん、そこをも又落ちにけり。（同前）

越中次郎兵衛盛次の捕縛は『平家物語』のこの後に描かれており（巻十二「六代被斬《きられ》」）、他の二人も『吾妻鏡《あずまかがみ》』に捕えられたと記述がある。しかし悪七兵衛景清については、屋島の戦いの折にも述べたように、行方がわからないだけに、さまざまな後日談が生まれた。

**もしや、あなたがその人なのでは？**

前にも述べたように、『平家物語』ではさほど登場しないが、江戸時代の歌舞伎などには悪七兵衛景清はよく登場する。盲目となって日向《ひゅうが》に下ったという謡曲『景清』などの伝承もあり、彼自身が『平家物語』の作者であるとか、盲目の琵琶法師たちの祖であったとも言われている。

この背景には、東北における常陸坊海尊《ひたちぼうかいそん》（註1）の伝説と同様に、語り手である琵琶法師らが「自分もそこに居合わせた」「もしかしたら語られる登場人物の一人」という幻想を聴き手と共有することが多かったからであろう（註2）。

謡曲の夢幻能《むげんのう》と定義されることのあるジャンルでは、常に旅人が古跡を訪れ、その土地の人にそこにまつわる物語を聞く。その夜、そこで野宿すると夢に昼間の土地の老人（あるいは女または若者など）が自らが語った話の登場人物となって現れ、語った場面を再現する。夏目漱石が『倫敦塔《ロンドンとう》』でそっくり用いた手法でもあり、物語の舞台となる土地の持つ力と巧みな語り口の生み出す力が合体して、語り手はそれこそ何かに憑《つ》かれたように、自らが語る登場人物に重なっていく。そのような場は常に全国いたるところで存在したにちがいない。

**註**

（1）義経主従が衣川《ころもがわ》で討死した時、死者としてあがっていない忠臣の一人。彼が長寿を保ち、義経に関する話を語ったという伝承がある。

（2）兵藤裕己『物語・オーラリティ・共同体』（ひつじ書房）は「『平家』語りの発生と表現——儀礼の構造」において、景清伝説に関して詳細に述べ、その名の中の、かたちや光を意味する「カゲ」の文字が盲人たちにとって大きな意味があったろうと考察する。この他にも景清伝説について述べた論は多い。

休憩時間の雑談　文覚と六代御前——物語の終末

**終わり方いろいろ**

「『平家物語』の終わり方には二種類あるということでしたが？」

「とても大ざっぱに言うと、そういうことになる。十二巻で終わるものと、『灌頂巻《かんじょうのまき》』というのが最後につくものと。『灌頂巻』は、平家滅亡後、京都郊外の寂光院《じゃっこういん》でひっそりと暮らす安徳天皇の母建礼門院（女院）のもとを、後白河法皇が訪れ、二人が過去の追憶を語り合う場面が中心で、その後また時が流れて女院は安らかな往生を遂げたとしめくくられる」

「十二巻の方は、どう終わるのですか？」

「熊野で入水した平維盛の遺児六代御前が死ぬところで終わる。『それ以後は平家の子孫は絶えてしまった』という、このクールなラストの方が、激動する時代そのものが主人公の『平家物語』にはふさわしい、と石母田正は書いている」

## 重盛の血筋

「維盛って誰でしたっけ？」

「前半で平家の正義と良識の象徴として描かれた重盛の嫡男だけれど、あなたが忘れるのも無理はない。重盛は、彼の意見が通っていたならば平家の滅亡はなかったろうという存在だったけれど（『平家物語』の中ではね）、彼の死によって、その主張は実現されない。平家一門が滅びへの道をたどるしかなくなった後半では、もはや重盛のめざした方向はどこにも存在しない。そのことを示すかのように、維盛の存在は希薄なのだから」

「忘れられてもしかたがない？」

「いや、逆説的ではあるけれど、そのことが強烈な存在感と印象を残しもする」

「どっちなんですか？」

「たとえば、都落ちの際、維盛は妻子を同道しようとせず、宗盛にその理由を聞かれて『行末とても頼もしうも候はず』と涙をこぼす。ほとんどが家族一族同伴、そもそも幼い天皇まで同道している一門の人々に対して相当無神経だけれど、彼としては精一杯の嫌味で抵抗であったのかもしれない」

「宗盛がまた、つまらないことを聞くのですね」

「つまらないことは皆宗盛が発言する。そのわけは第二部で説明する」

「で、維盛は結局、戦線を離脱するのですね？」

「そう。といって家族の待つ都にも帰らず、熊野の滝口《たきぐち》入道のもとを訪れ、出家した後、入水する。彼の弟清経も、その少し後で平家の陣営で海に身を投げる」

「思いつめやすい一家と言うべきか、無気力と言うべきか」

「というより、聡明で先が見える人たちが、それを表に出せないまま、未来を信じている人たちの中にいると、何かもう、やりきれなくなるのかもしれない。その一方で、展望がないことをうすうす知りつつなお戦おうとする人たちにとって、こういう人たちの顔つき、声音、雰囲気は、そりゃもう腹立たしくやりきれないだろうということも想像できる」

### 残された者たち

「維盛の家族はずっと都にいたのですね？」

「そう。一の谷の戦いで重衡が捕えられて、都大路を車で引き回された時、同じ三位中将なので夫かと思い、妻が苦しむ場面もある。結局維盛も死んだことが伝えられ、さらに平家が壇ノ浦で滅びた後、残党狩りが始まって、少しでも平家にゆかりのある少年は密告の真偽をたしかめられもせず、片端から処刑される」

「『平家物語』には、時々、恐ろしいことがさらさら書いてあります」

「まったく。そういう中、妹と母とともに六代御前はひっそりと身をかくしていたのですが、白い子犬を追って庭先に走り出たところを目撃され（『源氏物語』の若紫の場面を連想させると言われている）、ついに捕えられてしまう」

「彼は血筋から言っても直系の直系ですね」

「だからまず助かる望みはない。家族は嘆くばかりだったけれど、乳母の一人が思いついて、かつて頼朝を説得して平家追討の旗上げをさせた文覚に助命を嘆願しに行った」

「あ、文覚。いたんですね」

「何をしていたのでしょうね。まあいい。『平家物語』は、このあたり、まるでテンポが変わったかのように克明に詳細に、囚われの六代御前のいじらしさ、気づかう家族の悲しみと不安を描いている。きっと『平家物語』の作者たちの中には、美しい稚児《ちご》を愛する僧侶たちもいたんだろうと、つい思ってしまう」

「それは考えすぎではないですか？」

「でも、大塚ひかりの『男は美人の嘘が好き　ひかりと影の平家物語』（清流出版）も、『平家物語』の作者は女が嫌いなのではないか、憎悪に近い感情を抱いていたのではないかと言って、あるいは作者は同性愛の男性ではないかとまで推測している。ただ、『保元物語』「義朝幼少の弟悉く失はるる事」にも、舟岡山で斬られる十三歳の、とてもけなげでりりしい、乙若という少年が登場しているし、私はくどくど書かれている六代の話より、そちらの方が好きだけど。とにかく、少年を見て同情した文覚は赦免を願ってくるといって旅立つ。しかし、これがなかなか戻らない」

「文覚は、そういうやつですよね」

「六代を護送する一行は東海道を鎌倉へ向かい、もうこれ以上は無理と判断した護送の武士が沼津近くの千本松原で処刑にかかろうとした折も折、馬に乗った文覚が赦免状を持って駆けつける。

墨染《すみぞめ》の衣《ころも》、袴着て、月毛《つきげ》なる馬に乗ッたる僧一人、鞭《むち》をあげてぞ馳《は》せたりける。「あないとほし、あの松原の中に、世に厳《うつく》しき若君を、北条殿の斬らせ給ふぞや」とて、者ども、ひしひしと走り集りければ、この僧「あな、心憂《う》」とて、手をあがいて招きけるが、猶覚束《なおおぼつか》なさに、着たる笠《かさ》を脱ぎ、指上《さしあ》げてぞ招きける。（巻十二「六代」）

ここの描写もなかなか詳しい」

「それで六代は助かったのですか？」

「その時は助かった。無事に帰還した六代を迎える家族の喜びがこれまた細かく書かれている。その後彼は美しく成長する。母親は『世が世ならどんな立派な身分に』と嘆くけれど、これはヤバいんじゃないかと『平家物語』は言っている」

「何がヤバいんですか？」

「命が助かっただけでも感謝すべきなのに、ということでしょう」

「でも、そんなにいつまでも感謝しつづけられませんよ」

「どうかな。頼朝は彼に謀反の志がないかずっと気にしつづけ、そのたびに文覚が『あれは底なしの馬鹿だから心配しなくていいです』と言っても疑い、『(文覚は)六代が謀反を起こしたら助太刀しかねない坊主だ。私の生きているうちはともかく死後はわからない』と言っていた。それを聞いた母親は恐れて六代が十六歳の時に出家させた」

「その頃、文覚はどうしていたんですか？」

「文覚はどこまでも文覚です。頼朝の死後、後鳥羽《ごとば》上皇の代にまたしても謀反を企てて隠岐《おき》の島（史実では佐渡）へ流されている。八十あまりの彼は『こんな年寄りを流罪にする蹴鞠《けまり》好きめが。いずれ見ていろ』と躍り上がってののしりながら流されていったけれど、後に上皇が隠岐に流された時には亡霊になって現れていろいろ話をしたそうな」

「まさかそれで六代にとばっちりが？」

「そのまさかで、彼はもう三十歳を超えて静かに修行にはげんでいたのに、『さる人の子なり、さる人の弟子なり』と捕えられて斬られてしまう。『十二歳で死ぬところをこれまで生きのびられたのは、長谷《はせ》観音《かんのん》の御利生《ごりしょう》だろう』と『平家物語』は書いている」

「何だかこじつけめいてますねえ」

「そして、『それよりしてこそ、平家の子孫は永く絶えにけれ』の一文で、この巻はしめくくられる」

「その後に『灌頂巻』がつくと、仏教的色彩が濃くなるのですね？」

「でも、これも、激動の時代のただ中に身をおいた建礼門院、後白河法皇二人の会話の割には、それほど印象的な発言もなく、むしろ型どおりに淡々としている。ここに限らず、建礼門院という人は『平家物語』に登場する女性の中で際立って重要な位置にいるくせに、その意志や感情がほとんど描かれない。『何を考えていたのだろう』と読者を欲求不満にさせる点では、時代も場所もまったく違うけれど、『イーリアス』描くトロイのヘレンといい勝負と思う。むしろ彼女のこの感情や意志のなさが、まるで安易な解釈や共感を拒否しているようでさえある」

## 「王の帰還」のその後で

「では、先生はどちらのラストにもあまり感動しないのですね？」

「力の入っている割にはどちらも面白くないと思う。ただ、それはそれとして、長い物語の最後というものは、いつもどこか哀しいし、妙にわりきれない気分にさせるのも事実。長くなじんだ登場人物との別れというだけではない。こういう物語は、仲間が一堂に会し正義が勝利し悪が滅び正しい王が帰還する、というところで終わるとまだいいのだけれど、その後日談まで書かれると、これはおおむね皆悲しくなる」

「たとえば、どんなものがありますか？」

「『ロビン・フッド伝説』でも、『水滸伝』でも、主人公たちの終焉《しゅうえん》はかなり悲劇的でしょう？　ロビン・フッドにおけるリチャード王、『水滸伝』の英雄たちにおける皇帝は、いずれも死んだり裏切ったりして、結局彼らを守り抜くことができない。勝利したはずの正義は再び弱体化し、彼らは非業の死を遂げる」

「『平家物語』でも義経の運命がそうです」

「『平家物語』は、義経の最期をはっきり書かずにいるけれど、もちろん最後の部分は単純な正義の勝利ではない。そして、義経もそうであるように、さまざまな事情があったにせよ、彼らはかつてそれを守って戦ったものに滅ぼされようとした時、反旗をひるがえして徹底的に戦うことができない。たとえばゲオルギウの『二十五時』(一九四九年)やケストラーの『真昼の暗黒』(一九四〇年)、ソルジェニーツィンの諸作品など、社会主義体制の中で弾圧に抵抗して滅びてゆく知識人たちを描いた文学の中で、主人公たちはよく『なぜ自分たちはこれほどまでに抵抗することをためらい、はばかるのか』『なぜファシズムやツァーリズムとは果敢に戦えるのに、社会主義国家だと、その矛盾や弾圧に対して怒りを燃やして対決できないのか』などと言って嘆く。それともどこか共通するように思います」

「つまり、それまでの不合理で混乱した世の中を正すために、人々が必死で戦って古い支配者を倒し、今度こそ理想的な世界ができると信じて新しい支配者を自分たちの力で位につけた、その後が問題というわけですね。そういえば、トールキンの『指輪物語』の最後の巻はタイトルもそのまま『王の帰還』です」

「ファンタジー文学の多くのラストはそういう場面で終わる。正しい王が帰還して、世界は調和をとり戻したところでね。でも、現実にはそれ以後も世界は続く。そんな時間の経過の中でその新しい王が変質しはじめたと感じた時、それを認めて戦うことが、ほとんどの人にはできない。あれほど前の悪い王とは勇猛果敢に機略をつくして戦った英雄たちが、羊のように優柔不断で弱気になって、あらゆることを見逃してしまう」

「それはなぜなのでしょうか?」

「悪い王だから戦うということを心の支えにしてきた人ほど、自分たちが支えて王位につけた新しい王を批判できないというところはある。あれほど苦労し犠牲を払い、ともに戦った人だから何としても守りたいという思いが、悪い王とはあれほど妥協せずに戦った人たちの目を曇らせ舌を鈍らせ手をゆるめさせる。彼らがそうだから、彼らが王を見守っておかしなことをしないようにしてくれるはずと信じている周辺の人たちはなおのこと、新しい王の過ちに気づかない」

## 未来へ走る男

「それを避ける方法はないのでしょうか?」

「マニュアルなんてないと思う。ただ、思い出すのは、ベトナム戦争が終わりかけていた頃、ある南ベトナムの知識人が『今、自分たちはアメリカや南の傀儡《かいらい》政権と戦っている。しかし、もし自分たちが勝利してベトナムが統一されたら、今度は社会主義政権のもとで、我々知識人は今よりもっと厳しく弾圧されるでしょう』と語った言葉ですね。その予測が当たったかどうかはわからないけれど、『悪い王』と戦って『新しい王』を迎えようとしながら、その『新しい王』とも戦うことを予測し決意している人が多く存在するならば、『新しい王』の変質や腐敗はくいとめられるのではないか」

「ひょっとすると文覚は、そんな存在なのではありませんか？」

「そうかもしれない。私は子どもの頃、この坊主が嫌いでたまらなかった。何だか得体が知れなくて。頼朝をそそのかして平家を倒させたくせに、源氏の治世では平家の遺児を救い、頼朝を平気でだまし、そのまた救った遺児の運命も顧みず晩年にいたって謀反を企む。清々しさも一途《いちず》さもない。たとえば、不遇な主君の義経を理屈ぬきで深く愛して最後まで命を捧げて戦った弁慶や佐藤継信・忠信兄弟、伊勢三郎義盛たちの熱っぽく澄んだ心の方が、私は今でもずっとよくわかるし、好きだと思う。でも、ロビンや宋江《そうこう》（『水滸伝』梁山泊《りょうざんぱく》の頭領）たちをはじめ、自分たちが苦労して王位につけた『新しい王』に逆らえなかった多くの人々のことを思って憂鬱《ゆううつ》になる時、文覚のことをなぜか思い出す」

「彼は、近松の戯曲『平家女護島』でも大活躍しますね？」

「大活躍なんてものじゃない。前にも言ったように、この劇は『平家物語』の名場面をすべて巧みにとりこんで、壇ノ浦の海戦で平家が滅亡する場面も、頼朝へ手渡す後白河法皇の平家追討の院宣を持ち帰る途中、宇津《うつ》の山（現・静岡市）で野宿した文覚がまどろんで見る夢としてきちんと描かれている。猛将能登守教経が三人を道連れに海に身を

躍らせる場面で夢はさめ、波の音と聞こえたのは草の葉を渡る風の音だった。頼朝の父義朝の髑髏を枕に眠っていた文覚は、

義朝がしゃれかうべを枕にしたる一睡に、平家の滅亡源氏の栄えを見たること、夢にあらず現《うつつ》にあらず、正八幡の告げぞかし。頼もしし頼み有り。見よ見よ平家に泡ふかせ、源氏一統の御代となし、天下太平国繁昌《はんじょう》五穀成就民《たみ》安全、めでたいづくめにして見せん。

と、宣旨の入った『袋追っ取り首にかけ、勇み勇んで急ぎける』と鎌倉へ向かって走り去ってゆく。これが、この戯曲のラストです。

茫々《ぼうぼう》たる夜の野で、来るべき未来を夢に見、それが今とはまた違う悲惨をもたらそうとも歴史を先に進めることを恐れず、新しい世界の実現のためにまっしぐらにかけ去った男、そしてその夢が現実となった時にそこに安住しなかった男。そんな彼の足音が闇の中に遠ざかってゆくこの場面を、私は忘れることができません」

# 第二部　図式で覚える内容と構成

# 第一章　清盛対重盛、宗盛対知盛

## 第一回　前半の対立——悪と正義

第一部であらすじをつかんだら、今度は内容と構成にふみこんでみる。せっかくだから、これも受験勉強的に、ひとつ図式化してみよう。もっとも、暗記のために無理に図式化するのではない。全体の主題とも関わって、ごく自然に、ひとりでに浮かび上がってくる図式である。

### わかりやすい図式

すでに第一部を読んでうすうす感じている方もあるかもしれないが、紹介しきれていない話もあるので、あらためて最初に言っておきたい。

『平家物語』の前半では、平家が滅ぶ原因となるような、神仏を怒らせ人心を離反させるようなことをしているのはすべて清盛である。

これに対して、平家の滅亡をくいとめるような良いことをしているのは、すべて清盛の長男の重盛である。

重盛が病死して、清盛をくいとめる人、あるいは清盛の悪事をつぐなう人がいなくなり、平家の滅亡は決定する。そして都落ちを契機に一門の没落が始まる。

だが、その定められた運命に向かって進んでゆく中で、なおそれをくいとめるべく、実際の戦闘や政治的かけひきで努力する余地は残されている。そうでなければ後半に書くことがない。

その試みと努力の中で、常に誤った方針を選択し、平家が滅亡する具体的原因を作りつづけるのは清盛の三男で、兄重盛と父清盛の死後、平家の総大将となった宗盛である。

これに対して常に正しい方針を提示するがうけいれられずに、結局はそのために平家が滅びることになるのだが、「ああしておけばよかったものを」「こうしていたらあるいはうまくいったのかも」と後になったら思えるような正しい判断をしているのは宗盛の弟の知盛である。

この図式が崩れたり乱れたりすることはない。前半では寺院関係との対立など錯綜《さくそう》する事情も多いためわかりにくいが、それでも親子のこの役割分担は基本的には揺るがない。後半もまた、いくつもの戦いと登場人物が入り乱れるからめだたないが、やはり兄弟の役割分担は一貫している。

この四人の人物像は実在の彼らをある程度下敷きにしているとはいえ、このような構成のもとに、明確な意図をもって造型されている。これは他の人物すべてがそうだと思うが、特にこの四人はそうである。

人物造型の対立関係

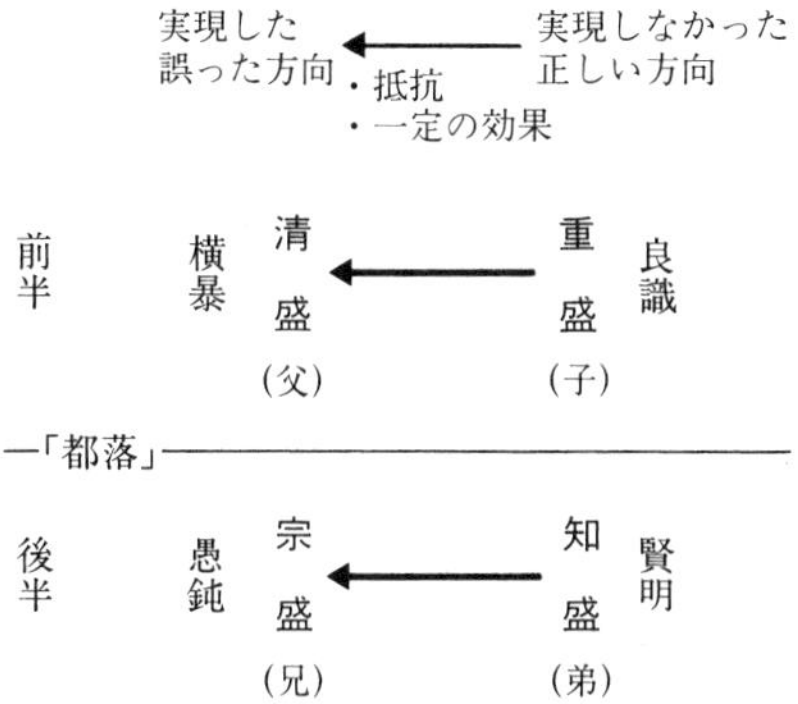


だから、現実の彼らがどうであったかはともかく、つまり清盛と宗盛には気の毒だが、『平家物語』の全体像を早くつかんでしまおうと思えば、

前半では、清盛が悪で、重盛が善（正義、良心）。
後半では、宗盛が愚かで、知盛が賢い。

と、とにもかくにも覚えてしまい、それに基づいて話を見ていけばいい（註1）。

## 聴き手の要求

このような関係が生まれているのは偶然ではない。それは、『平家物語』という文学の構成や本質と深く関わっている。

第一部第一章で述べたように、『平家物語』の中には「諸行無常」という諦観《ていかん》と、「因果応報」という法則とが共存している。そして、重衡、宗盛、維盛らがそれぞれ本人にも納得のいかない悔いの多かったであろう人生の終わりにあたって、法然《ほうねん》上人や滝口《たきぐち》入道と会話をし、来世で仏に身をゆだねようとする時や、最後に附せられることもある「灌頂巻」の後白河法皇と建礼門院の対話などには、不可解で理不尽なこの世をとにかくそのまま受けいれようという方向での「諸行無常」の枠組みがある。おそらくそれは、『平家物語』を聴いたり読んだりした多くの貴賤・老若男女の納得いかない人生や現状もまた、慰撫《いぶ》し容認させるものであったのだろう。それは『平家物語』の底流に流れる救いであり、変な譬《たと》えを重ねるなら空中ブランコの演技者たちを最後に受け止める網であり、非常階段、予備主錨《しゅびょう》である。

だが、それはよくよく疲れ果てて救いを求める聴き手や読み手に用意されたメニューである。もっと元気で世の中に興味があり、自分の人生を切り開いていこうとか何かを守っていこうとかいう気力のある人たちに対しては、『平家物語』は今日のドキュメンタリーやルポルタージュ、歴史や戦記や週刊誌が提供する情報や知識を限りなく公開する。すなわち、

「なぜそうなったのか？」「誰のせいでそうなったのか？」「どうしたらそれは避けられたのか？」という、数限りない問いかけへの回答を与えようとするのである。

第一部でも述べたように、あらゆる階層の人が、あらゆる場所でこの物語を聴いた。語る琵琶法師たちは、聴き手の感動や賞賛や共感とともに、不満や疑問や要望をうけとることもきっとあったにちがいない。反応がないということさえも立派な反応である。今風の言い方をするなら、「受けた」（反応がよかった）部分は次回には増幅強化もされたろう。「受けなかった」部分は省略されて消えるか、説明や弁明を加えて共感を得る工夫がなされたかもしれない。

聴き手の範囲が日本文学史でも他に例のない広範なものであった分、その反応や要求も多彩で層が厚かったはずだ。

何しろ題名からして『平家物語』である。多くの聴き手が「なぜ平家は滅亡しなければならなかったか？」という問いの答えを求めただろう。

その答えを知りたくてこの物語を聴いた、という意味ではない。たとえ悲しい場面に涙するのを楽しんでも、勇壮な場面に手に汗にぎり、滑稽《こっけい》な場面に笑うのを楽しんでも、そのような展開に、それをもたらす背景で納得できないとやはり心おきなく感動はできない。そのような意味で、聴き手は常に答えを求めていた、ということである。

そして、作者が一人で書き、その伝播《でんぱ》や享受は作者の手の届かないところでなされる他の多くの文学とはちがって、『平家物語』は語り物であり、常に聴き手のそのような疑問や要求に直接にさらされ、向かいあわされていた。

## 滅亡の原因

そこで私も、いささか唐突で、基本的すぎる問いからはじめたい。平家一族は、なぜ滅亡したのであろうか？　むろん、『平家物語』の中において、作者の考えでは、ということである。

ちなみに物語世界ではなく、現実の滅亡の原因について、元木泰雄『平清盛の闘い――幻の中世国家』(角川叢書)は、清盛の急死によって挫折した武家政権としての中世国家を想定しつつ、福原遷都や還都をめぐっての清盛の思惑を資料分析と状況判断から読み解いており、天皇家内部、宗教界、東国における領地問題がその鍵となっているとする。たとえばこのような現実があったことを前提として、私がここで問題とするのは、そのような実際の歴史とはまた別に、作品世界の中で作者が構築し、読み手や聴き手を納得させた平家没落の原因である。

これまでにも何度か述べたように、大きく複雑な要素を持った事件や反乱について、わかりやすい小さな挿話で説明するという手法を『平家物語』の作者はしばしばとる。

高倉宮御謀反の時は、「抑《そもそも》源三位入道《げんざんみにゆうどう》、年ごろ日比《ひごろ》もあればこそありけめ、今年いかなる心にて謀反をばおこしけるぞといふに」と宗盛と仲綱の愛馬をめぐる話を記して、このことで怒った頼政が「(高倉)宮をすすめ申したりけるとぞ、後には聞こえし」としめくくる(巻四「競《きおう》」)。

頼朝旗上げの時は、「年ごろもあればこそありけめ、ことしいかなる心にて謀反をばおこされけるぞといふに、高雄《たかお》の文覚上人の申しすすめられたりけるとかや」(巻五「文覚荒行」)とはじめて、その詳細を述べる。

義経の没落については、彼と梶原景時が壇ノ浦合戦の直前、軍議の席で対立した場面を描いた後、「それよりして梶原、判官《ほうがん》(義経)を憎みそめて、つゐに讒言《ざんげん》して失ひけるとぞきこえし」(巻十一「鶏合　壇浦合戦」)とつけ加える。

これらの文章はまた、作者がそれぞれの事件の原因を追求し、説明しようとしている姿勢が常にあることも示しているだろう。

それでは、これにあたるような場面が平家の滅亡については、存在しているだろうか。冒頭から読みすすめていくと、次のような記述が登場してくる。

（後白河法皇は清盛の権勢に批判的な発言をされていたが、表だって言う機会はおありではなく）平家も又別して、朝家《ちょうか》を恨み奉る事も無かりしほどに、世の乱れそめける根本は、（巻一「殿下乗合《てんがののりあい》」）

佐々木八郎『平家物語評講』は、この部分を「（法皇も適当な機会がないから平家を御戒《かい》飭《ちょく》遊ばされることもなく）平家もまた特に皇室を恨み奉るということもなかったのだが、さて世の中が乱れだした原因はというと」と現代語訳し、他の諸氏の訳もおおむね一致する。たしかにそういう本文である。

だが、これは直接にはどのような戦闘場面ともつながっていない。ここに続くのは、重盛の子資盛《すけもり》が、摂政藤原基房《もとふさ》と路上で会って答礼せず、基房の家来に暴行を受け、これを怒った清盛が重盛の制止も聞かず部下に命じて基房の車を襲撃し辱《はずかし》める、という話である。この事件はこれで一応落着するし、基房が恨んで平家滅亡を画策するわけでもない。にもかかわらず、作者がこれを「世の乱れそめける根本は」とするのは「これこそ平家の悪行《あくぎょう》の始なれ」（巻一「殿下乗合」）だからである。

## 神仏の判定

作者はこれ以前の段階でも、平家の栄華を描いているが、それを批判はしていない。だから、ここで作者が「世の乱れ」と言い、「悪行」と言うのは、単に資盛や清盛の行動、それが社会に起こした、ある意味ではささやかな混乱のみを指して言っているのではあるまい。平家滅亡の原因と結果の一つの総括ともいうべき、灌頂巻「女院《にょういん》死去」で、建礼門院は壇ノ浦で生きのびた人々のその後の悲惨な日々を語ったのに続けて、次のように言う。

是はただ入道相国、一天四海を掌《たなごころ》ににぎッて、上《かみ》は一人《いちにん》（天皇）をもおそれず、下《しも》は万民をも顧《かえりみ》ず、死罪・流刑、おもふさまに行ひ、世をも人をも憚《はば》からざりしがいたす所なり。父祖の罪業は子孫にむくふといふ事疑《うたがい》なしとぞ見えたりける。

「世の乱れそめける根本は」の一文は、これに照応するとみるべきだろう。つまり、平家のおごった行動は、それ自体が世を乱すという点で悪行だったのみではなく、平家の滅亡と、その具体的過程である源平合戦という、大きな「世の乱れ」の原因となった点でも悪行だったのである。そして、そうだとするならば、この事件にはじまって、「大臣流罪」（巻三）「法皇被流《ながされ》」（同）、「都遷《みやこうつり》」（巻五）など、およそ「上は一人をもおそれず、下は万民をも顧ず、死罪・流刑、おもふさまに行ひ、世をも人をも憚からざりし」（天皇をうやまわず、民のことも考えず、死刑や流刑をやり放題で、世間の噂《うわさ》も誰の気持ちもまったく気にしなかった）清盛の行動が描かれている部分のすべてに、平家滅亡の原因は存在しているといってよい。

建礼門院は「罪業のむくい」と表現しているし、『平家物語』の中盤から後半にかけて、神仏が平家を見捨て、源氏に味方しているという記述はくり返し登場する。少なくともこれを見る限りでは作者は、平家の滅亡は何の定まりもない世の中の一現象とは言っていないし、栄えたから滅びるのはしかたがないとも言ってはいない。間違ったことを重ねたから神仏の怒りに触れたのだという説明がはっきりと見えかくれする。そのように聴き手に作者は説明している。

見ようによっては、後半の源平合戦は、神仏の判定の執行にすぎない。その神仏の判定は、前半のどの時期かに（これは確定はできないし、たぶんする必要もない）すでに下っているのである。

滅亡が神仏の判定の結果として、平家のどのような点がその怒りを招いたのか。建礼門院の言葉、またこれまでの諸氏の研究が指摘するように、王法や民衆に対する平家の態度に問題があったと作者は考えているようだ。それが歴史的に正しい分析かどうかは問題ではない。ともかく『平家物語』の作者は自身の実感としてそのようにとらえ、それを探ってゆく過程で、またそれを聴き手や読者に広める過程で、できるだけわかりやすいかたちで表現しようとした。
その結果が、前半では清盛と重盛の対立として表現されることになる。

## 重盛の役割

先に述べた「世の乱れそめける根本」と作者が考えた、資盛と基房の争いの際、資盛を叱《しか》ったのは父の重盛、基房を辱めたのは祖父の清盛と『平家物語』は記す。しかし、これは事実に反しており、基房を攻撃したのは実は重盛であったということはすでに定説になっている。まさに事実はそのように、重盛も含めた平家一族の人々すべてが、それぞれに、時にはおごり、時にはそれをたしなめ、さまざまな葛藤《かっとう》や対立を経つつ、全体としては滅亡にいたる方向に動いていったというものであろう。

しかし、『平家物語』においては、作者が考えるところの滅びの原因となる行動を常にとるのは清盛であり、おしとめるのは常に重盛であることも、これまた周知の通りである。

くり返すが、これは作者が、平家滅亡の原因となったものと、それを阻止しようとした力、あるいは、現実に起こったことと、そうならなかったかもしれない可能性を、前者を清盛、後者を重盛という人物に借りて、自分なりに追求してみているのである。

前者が清盛に仮託されたのは、彼がこの時平家一族の中心であり、事実もそれに重なることが多かったからだろう。

重盛が後者に選ばれたのは、彼が早世したからである。何しろ、現実に平家は滅びているのだから、「こうすれば滅びなかった」可能性は、可能性としてしか存在しない。なぜそれが現実にならなかったかを最も合理的に説明するのは、途中で存在しなくなった人を、その体現者として選ぶことである。重盛が現実にはどのような人であったにせよ、こうして彼は「実現されなかった正しい方針」を主張した人として、『平家物語』の前半において、「実現された誤った方針」の体現者である清盛と対立する役割を与えられたのである。

大勢の人の手を借りつつ、長いことかかって成立してきた『平家物語』は、伊藤整が『小説の方法』で、そのような種類の文学について「怖ろしい調和」と表現したような、自然さがある。不自然なものは切り捨てられ、あるいは納得できる理由を附加される。重盛の人物像もまたそのようにして、潤色された。それは今日では過度なまでの理想化、美化として時に反撥《はんぱつ》も招く。しかし、彼のおかれた作品中の位置自体が、それを要求するものだったのである。

## 清盛の魅力

なお、ここ十年ばかりの『平家物語』関係の小説やドラマでは、清盛を見直し、評価し、美化する傾向が強くなっている。『太平記』の足利尊氏《あしかがたかうじ》と同様、悪役の復権ということもあるのだろう。そのような新しい見解や解釈で文学が書かれることはもちろん悪いことではない。

ただ、これだけ意図的に構成され造型された『平家物語』の清盛像には、やはり強烈な魅力がある。もっと言うなら、この悪役としての清盛像を充分に味わわないと『平家物語』本来の面白さはわからない。史実は史実として、この悪役としての清盛像を生かすかたちで『平家物語』を現代に再生する試みももっとあっていいのではないかと思うことがある。

宮尾登美子『宮尾本　平家物語』では「頼朝の首を切ってわが墓に供えるのが何よりの供養」という有名な末期の言葉も、彼が言ったことではなく他者の配慮による捏造《ねつぞう》とされている。大胆な解釈は面白いし、この小説の清盛像ではたしかにこの遺言は不自然なのだが、『平家物語』が描いた清盛像の鮮烈な魅力は失せる。

歌舞伎『仮名手本忠臣蔵』の大序《だいじょ》を見るたびうなるのは、現代でもまったく色褪《いろあ》せない高《こうの》師直《もろなお》という悪役の完膚《かんぷ》なきまでのいやらしさだ。こんな上司や同僚がいたら実際たまらないとおそらく誰もが肌で実感する演出、台詞が長い時代の研鑽《けんさん》を経て寸分の隙《すき》なく作り上げられている。高師直なり吉良上野介《きらこうずけのすけ》なりのゆかりの人は不快でも、それはもう史実の高師直でも吉良でもない、ある存在の象徴なのだ。

ジョセフィン・テイの小説『時の娘』（小泉喜美子訳、ハヤカワ・ミステリ文庫）は、教科書にも堂々と記載され、誰もが何の疑いもなく信じきっている、イギリス史上有名な悪逆の王とされているリチャード三世が、実は英明で良心的な君主であり、彼に関する伝説はすべて彼を倒した次期の支配者が捏造したものだということを、現代の刑事が豊富な資料と緻密《ちみつ》な分析で証明していく痛快な歴史ミステリだ。史実と伝説、文学と歴史などについてさまざまな示唆を与える読み物だが、作者は別にリチャード三世の復権を真剣に訴えているのではあるまい（むろん彼を深く愛しているにしても）。そして彼を徹底的に悪の権化として描いたシェイクスピアの『リチャード三世』は現実のこの王がどのような人だったにせよ、やはり面白いし、その劇の中のぎらぎらと欲望にまみれたリチャードは、『時の娘』が見事に描き出した毅然《きぜん》として清々しい青年王リチャードとはまったく別人として、これまた生き生きと観客を魅了する。尾野比左夫『リチャードⅢ世研究』（渓水社）が紹介する諸説の変遷を見ても、現実のリチャードが『時の娘』の描いたような人物であったという説はかなり有力であり、そうであったとしたならば夏目漱石も『倫敦塔』で描いているような極悪人リチャードとして語り伝えられたのは、たしかにとても痛ましい。けれど、シェイクスピアの描いたリチャードを楽しみ味わい魅了されることは、決してそのような現実のリチャードへの侮辱にはなるまい。それはそれとして成立している、完成された一つの世界なのである。

『平家物語』の清盛も、そして重盛も宗盛も知盛も、そのような存在である（註2）。現実の彼らがどのような人物であったかを研究し、その実像に迫ることにはむろん大きな意義がある。それをもとに新しい彼らについての物語を作る試みもまた限りなくなされていい。しかし、『平家物語』という作品の魅力は何か、どのように読めば一番面白いのか、そのために彼らがどのように歪曲《わいきょく》され誇張されて造型されているか、そのことはこれまた充分に検討し、尊重されなければならない。あえて言うなら、『平家物語』の中に登場する清盛は、現実の清盛とはまったく別人と割り切るべきだ。そして『平家物語』が創り上げた清盛という人物を作品に即して生のままで味わうのが一番おいしい、と私は感じている。

**註**

（1）武久堅『平家物語の全体像』（和泉書院）は、『平家物語』前半を「清盛悪行録」ととらえ、この物語が「構想の基幹に人物対位法を採用する」と指摘する。ただ、宗盛を知盛とともに重盛とも対比するなど私の図式とはやや異なる。

（2）宗盛については、むしろ巻十一「一門大路渡《おおじわたし》」に見える彼の「不思議な落ち着きよう」（別冊『国文学』No.15、牧野和夫「『平家物語』全章段の〈解析〉」）や、しばしば見せる情け深さが、このような役割と矛盾してもなお語り伝えられた真実であり、彼の実像に近いのかもしれない。だがそれも断定はできない。「誤った方針」が『平家物語』では具体的には「優柔不断さ」「弱さ」として表現される時、それは強調されつづけることによって、逆に「情け深い人物」という方向での役割の強調と、美化をも生み得るからである。また、これとは別に、彼の愚かさや鈍さといった人間的な弱点が拡大強調されることで、「どんなに欠点だらけの弱い人間もまた救われる」という、この物語の仏教説話的な側面での重要な役割を彼が担っていることも忘れてはならない。

## 第二回　後半の対決——愚かさと賢さ

つづいて、後半の宗盛対知盛について述べよう。

### 知盛の評価

岩波新書『平家物語』で石母田正は知盛を重盛と並んで作者の運命観を表現する重要な人物としてとりあげた。重盛に比すと「めだたない存在」であるが忘れ難い印象を残すとして、彼の最期の言葉「見るべきほどの事をば見つ」を中心に、その魅力のさまざまを分析した。知盛に対するこのような高い評価はその後定説となっており、『伝説の時代』(教育社歴史新書）で志村有弘が、「『平家物語』作者の代弁者とも称すべく、徹底的に運命に支配された人物」とするのもその一つだろう。

知盛が作中で重要な人物であること、作者の代弁者であること、いずれも異論はない。だが、謡曲『船弁慶《ふなべんけい》』やその影響下にあるとはいえ、浄瑠璃『義経千本桜』などにおける知盛の華やかな活躍を見ても、彼は必ずしも「めだたない存在」なのではなく、もともと『平家物語』の中でかなり重要な地位を負わされているし、それに相応する場面も存在している。

## 後半の図式

さて、重盛の死を境として、平家一族の内部における「神仏に見限られるか、それを防ぐか」の対立はおおむね終了する。神仏の判定は下って、平家は見放され、それを示す前兆があちこちに登場してくる。後半の源平合戦、源氏の勝利と平家の滅亡は、全体の流れの中では、その神仏の判定の執行として記されている。

そのはずなのである。だが『平家物語』には奇妙な二重構造のようなものがある。後半の戦闘は神仏の判定による平家の悪行への因果応報として書かれながらも、実際には現実の戦闘における勝敗の原因を作者は常に分析し追求する。しかもその原因は常に、人間の知恵や意志といった現実的なものであり、直接に神仏が介入することはない。

たとえばホメロスの『イーリアス』では、神々はあるいは姿を現して共に戦い、あるいは贔屓《ひいき》する側に有利な天然現象を起こす。やや手のこんだやり方では、支持する側の勇士の一人に姿を変えて味方を励まし、また、支持する勇士の心に勇気を吹き込んだり手足に力を与えたりする（註1）。『平家物語』にはそういったかたちの神々の介入はまったくない。神仏の判定の結果と言いつつ、現実には常に人間によって勝敗は決定し、その過程に作者はいつもあくなき好奇心を抱いている。そして、それなりに原因をつかむと、これまでしばしば見てきたように、それを抽象化し図式化した具体的な挿話として、わかりやすく読者に伝えようとする。

そのような個々の戦闘の勝敗の分析と結論において作者の傾向はかなり単純で、積極論の評価以外の基準がほとんどないことは前にも述べた。そして、そのような分析を作者は前半の清盛と重盛同様、二人の人物の対話として読者に提示する。それが宗盛と知盛である。

このような時、正しい発言、誤った発言の主としてそれぞれ選ばれる人物は、事実に基づくこともあろうが、基づかないこともあり得たと私は考える。作者も、聴き手の要望も、戦闘の勝敗の原因を知り、納得したいということの方が、事実はどうであったか、発言者は誰であったかよりも全体としては強かったはずだ。そして、そのためには、わかりやすく説明する方法として、戦闘に参加したとされている者の中から、最も著名な二人を選んで相反する意見を語らせるのが、むしろ自然であったろう。

作者が、実際の戦闘については、神仏の意志とは切り離した分析を行うことを見た。その分析は、かなり単純な基準に基づき、わかりやすい説明を眼目として必ずしも忠実に事実を反映しないことも見た。そして、前半では作者は、平家一門が滅亡にいたる、平和時における原因を、清盛対重盛の対立という図式で探ろうとしていたことを述べた。

そのような作者は、後半でも平家が滅亡するにいたった軍事的な要因を探ろうとする。すでに神仏の意志が決定してしまっている以上、前半ほどの力は持ち得ないが、やはり平家にとって、滅亡にいたるその瞬間まで、「実現されなかった正しい方針」が、その時々に無数にあり得た、とおそらく作者は考えている。そして、その方針を主張する人物に、作者は知盛を選び、彼が常に対立し、敗北せざるを得なかった「実現された誤った方針」を主張する人物に宗盛をあてた。この役割分担は、前半の清盛対重盛と同様、後半部分を通して一度もゆらいでいない。

## 都落ちと和平交渉

平家の敗北に関する現実的で具体的な原因として、作者が重要視しているのは、この物語の折り返し地点ともいうべき部分に位置している、都落ちという方針である。その方針の根拠を、作者は建礼門院への宗盛の説明として述べている。「今はただともかうも、そこのはからひ（あなたの判断）にてあらんずらめ」と女院はこれを肯《うべな》うが、平家の忠臣肥後守貞能《ひごのかみさだよし》は、

西国へくだらせ給ひたらば、おち人《うど》とてあそこゝにてうちちらされ、うき名をながさせ給はん事こそ口惜《くちおしゆう》候へ。ただ都のうちでこそ、いかにもならせ給はめ。（巻七「一門都落」）

と批判し、宗盛が女院に対してしたと同じ説明を行うと、一門に別れを告げ、都へ単身引き返す。この場合、宗盛と対立する正しい論の中心は、むしろこの貞能の発言である。知盛の発言は、

其時《そのとき》新中納言（知盛）涙をはらはらとながいて、「都を出ていまだ一日だにも過ざるに、いつしか人の心どものかはりゆくうたてさよ。まして行すゑとてもさこそはあらんずらめとおもひしかば、都のうちでいかにもならんと申つる物を」とて大臣殿（宗盛）の御かたをうらめしげにこそ見給ひけれ。（同右）

と貞能の発言以上のものではない（言いかえれば、そのようなかたちでも知盛には正論を吐かせるのだ）。後に「逆櫓《さかろ》」（巻十一）でも彼は同様の述懐をしていて、やや愚痴めいた印象さえ受ける。しかし「誠に理《ことわり》と覚えて哀なり」の一文をそれに附加しているように、ここでもやはり知盛は作者の代弁者であり、作者は平家は都にとどまって戦うべきだったと判断しているのである。

その後、「法住寺合戦《ほうじゆうじ》」（巻八）で平家は義仲から連合を申し込まれて拒否し、「請文《うけぶみ》」（巻十）では二位尼時子《にいのあまときこ》も加えた激論の末、法皇からの重衡の生命と三種の神器の交換という申し出を拒絶している。これが正しい選択であったか、歴史的判断は困難であるが、明白な悪い結果は招いておらず、少なくとも『平家物語』の作者は正しい選択と判断していることが、前後の文脈からはうかがえる。とすれば、敗走を続け、判断を誤りつづけた中で、この二つは少なくとも平家一門がとった正しい処置といっていい。これはいずれも、知盛の主張がいれられた決定と『平家物語』は記している。

## 阿波民部の裏切り

さらに、知盛の主張の正しさが強く印象づけられるのは、壇ノ浦の海戦前後の阿波民部《あわのみんぶ》重《しげ》能《よし》の処分に関するくだりである。これは、戦闘の準備万端を終えた知盛が宗盛の前に来て、敵に通じていると思われる重能の首をはねようと進言するのに対し、宗盛は重能を呼び出して取り調べるものの、結局そのまま帰してしまい、知盛は終始、

「あはれ、きやつが頸《くび》をうちおとさばや」とおぼしめし、太刀のつかくだけよとにぎッて、大臣殿の御かたをしきりに見給ひけれども、御ゆるされなければ、力及ばず。（巻十一「鶏合 壇浦合戦」）

という、緊迫した場面として描かれる。この結果阿波民部は無事に生きのび、裏切りを決行して海戦の最中に源氏に寝返り、それが平家にとっては致命的となる。

新中納言（知盛）、「やすからぬ。重能めを切ッてすつべかりける物を」と、千たび（千度）後悔せられけれどもかなはず。

さる程に、四国・鎮西《ちんぜい》の兵《つわもの》ども、みな平家をそむいて源氏につく。いままでしたがひついたりし物どもも、君にむかッて弓をひき、主に対して太刀をぬく。かの岸につかむとすれば、波高くしてかなひがたし。このみぎはによらんとすれば、敵矢《かたきや》さきをそろへてまち

かけたり。源平の国あらそひ、けふをかぎりとぞ見えたりける。（巻十一「遠矢《とおや》」）

「さる程に」以下の描写は、もはや眼前の事実ですらない。平家一族のおかれた状況が決定的に救いのないものとなったことが、いわば抽象化された表現で象徴的に語られる。これ以後は平家の人々はもはや勝利を考えず、ひたすら死に向かって急ぐのである。まさに「源平の国あらそひ、けふをかぎり」となったのであり、冒頭における「世の乱れそめける根本」（巻一「殿下乗合」）と対応する、あるいは同じ重さを持った、現実的軍事的戦闘の終焉であった。

それをもたらしたのは阿波民部の裏切りであり、それをくいとめることのできる方針を主張したのが知盛だったと『平家物語』は描く。最終段階においてもそうだったし、後半最初の段階の「都落ち」についても彼は、正しい方針を主張していたとする。その間、平家一門がとった比較的正しいと思われる判断は、すべて彼の主張したものとする。

これが現実の反映とは、いくら何でも考えにくいのではあるまいか。清盛と重盛の場合と同様、都落ち以降に平家一門がとった方針の決定は、宗盛も知盛も含めてその時々に何人もが討論し、迷い、決断したものであり、その過程では知盛も誤った方針を主張したことが一度ならずあったはずと考えるのが自然であろう。

## 選ばれた理由

しかし、『平家物語』の作者は、宗盛や知盛が実際にどのような人物であったかには、さほど興味を抱いていない。平家一門が滅んだ理由を最もわかりやすく追求し、表現するために必要な人物として、この二人を選んだ後は、ただ、互いの役割にふさわしい発言と行動を、徹底してとらせつづける。

「実現された誤った方針」を主張する人物として宗盛が選ばれたのは、清盛と同様、彼が総大将だったからであろう。そして、清盛に比して宗盛が卑小で愚かでみじめ（彼は清盛の実子ではなく、からかさ屋の息子であるという伝説まで、江戸時代には定着してしまっている）なのは、清盛の時代にはおごって悪行をなす平家一族が、彼の時代には、その報いとして苦業をうけ、弱体化し滅亡していくために、必然的に創られる性格である。清盛と宗盛とは、その時々の平家そのものとして描かれたのである。

一方、知盛はどうか。何らかの裏づけとなる実際の人柄もあったかもしれない。大胆な推測が許されるなら、名前の一文字「知」が与える印象もあるかもしれない。さらにもっと大胆な推測が許されるなら、現実の彼がまったく何もしない、何の意義もない存在であったからかもしれない。この間の平家が、ことごとに敗北し、みじめに誤りつづける以上、その中で、とるべき行動をとり、正しい方針を主張していた人物は、ほとんど架空の存在である。早世した重盛と同様、現実には、これといった活躍もせず、特に行動の軌跡も残していない人物の方が、「実現されなかった正しい方針」の主張者としては、より設定しやすく、選ばれやすいはずである。

そう思って見れば、『平家物語』に登場する知盛は非常に魅力的だが、その魅力の一つ一つは、たとえば義経の勝利とその後の没落、重衡や宗盛の虜囚《りょしゅう》と処刑、などのように、事実で検証できるものが少ない。彼を象徴するような最後の言葉「見るべきほどの事をば見つ」でさえ、池宮彰一郎の小説『平家』は「彼が言うには老成しすぎた言葉」として、清盛の弟で知盛の叔父である教盛《のりもり》の発言としている。私は先の清盛の遺言と同様、この物語の中での彼の役割、それに基づいてなされた人物造型を考慮すると、この言葉は知盛に言わせなければ全体の構成が破綻《はたん》すると思うが（新しい小説として描かれるのはまったく問題ない）、そうでなかったという解釈も成りたつほど、事実の裏づけはないのである。重盛の場合と同様、作品中の位置にふさわしい創作をするのが可能なものが多い。

## 虚構と現実のはざまで

現実の知盛が、そのように影の薄い存在であったかもしれないというのが、あまりに大胆な想像であるにしても、そのような想像を許すほど、知盛にせよ、その他の誰にせよ、その個人的性格については『平家物語』を通して以外に知ることはほとんどできない。そして『平家物語』のそういった点での正確さについて、私は強い不安を抱く。

『平家物語』については多くの緻密で詳細な論がすでにある。しかし、それらを読んでも私のこの不安は消せなかった。歴史的事実と、この物語の創作性がいま一つ明確に区別されておらず、時にはそれがあいまいなまま互いに支えあって論が構築されているという印象がぬぐえない。近年の『平家物語』を題材にした小説もまた、このことが充分に整理されておらず、新解釈や新資料の提示か、虚構の創作か、その手法としての史実らしさか、いまひとつ、もどかしさを感じる。それはまた、言いかえれば、『平家物語』の作者が、歴史的事実をゆがめてまで何かを書こうとした情熱、その虚構の意図、その骨格となった思想の存在の無視でもあるのではないかと思えた。

『平家物語』を歴史的資料として用いようとする試み（註2）を否定するのではない。危険を承知で発言するなら、歴史そのものにも、観点や解釈といった虚構と紙一重の要素は常に存在する（註3）。また、現代の創作が、このような点で語り口をあいまいにするのも、それもまた文学としての一つの手法であるし、厳密な区分を要求することは、新しく生み出される物語の生命を奪うことにもなりかねない。それは承知の上でなお、『平家物語』の作者が何を意図して書いたかが、やはり私は気になるのだ。

たとえ、作者が複数でも、いや、複数ならなおのこと、その時代の多くの人々が求めた、歴史的事実以上の何かが『平家物語』には存在する。そのために、個人も、個々の戦闘も、史実とぎりぎりの妥協をしつつ、脚色され、潤色されてゆくだけの力を、その何かは持っている。

それは何か。人々は何を求めたのか。一口で言うならそれは、因果応報という名で作者が表現した、歴史の法則性への興味だった。それを知ることで自らの現状に納得し、これからの生き方に役立てていくための定理だった。その法則は万全ではなく、世は定まりのないものという「諸行無常」の諦念を最終の救いとして底辺に流しながら、それでも生き残り勝ち残る工夫をするための知識を、「なぜ平家は滅びたのか」という問いへの回答を通して、聴き手や読者は求め、作者は与えた。

そのために、くり返すが、前半では清盛と重盛、後半では宗盛と知盛の対立によって、それが探られるという構成が生まれている。この他にも多くの要素を『平家物語』は有しているが、それらは、この構成を混乱させたり破綻させたりはしていない。

知盛が作品中で、そのような位置にいる以上、さまざまな意味で彼が人々をひきつけ、注目されるのは当然だった。常に正しい発言をし、とるべき行動をとるからというだけではない。正しい判断が常に現実の勝利となり、成果となって現れた義経や、一定の効果をおさめ、それなりに平家の崩壊をくいとめる役割は果たした重盛（いずれも作中人物としての）とは異なり、知盛の方針や判断は、ただ、物語中に存在しただけである。それ以上の力を有して彼が何らかの成果を上げれば、史実は変わってしまうことになる。それはたとえば、滝沢馬琴が『椿説弓張月《ちんせつゆみはりづき》』で源《みなもとの》為朝《ためとも》を生きのびさせ、『傾城水滸伝《けいせいすいこでん》』で鎌倉時代に女性だけの政府を実現させるような、史実を無視して虚構を構築する、狂気と紙一重といっていい強い精神が必要となるだろう。

そこまでの決意を持てぬまま、『平家物語』の作者は、史実を変えぬ限界まで知盛像をふくらませたが、それ以上になることの危険性もおそらくは察していた。あるいはそれもまた、知盛という人物の魅力の一つとなったと思う。歴史的事実に材をとる物語、ひいては文学全体の根底にも横たわる、事実と虚構の問題に、ぬきさしならず関わる位置にも、彼は存在しているからである。

**註**

（1）『イーリアス』（呉茂一訳、岩波文庫）で、海神ポセイドーンは自らギリシャ軍の先頭に立ち（中巻第十四書）、太陽神アポローンは靄《もや》をかけてヘクトールをアキレウスから逃がし（下巻第二十書）、アイネイアースの胸に勇気を吹き込み（上巻第五書）、女神アテーネーは弟デーイポボスに化けてヘクトールを励ます（下巻第二十二書）。このような例は他にも多い。『平家物語』の神仏はこのような明確な援助はしない。

（2）上横手雅敬『源平争乱と平家物語』（角川選書）は、軍記物は史書であると述べ、「教科書に書かれたようなものこそ歴史であり、それからはずれたら歴史ではない」という考え方を批判している。

（3）兵藤裕己『太平記〈よみ〉の可能性』（講談社選書メチエ）は第九章「歴史という物語」で、『太平記』という文学の作り出した構図が現実の歴史的把握に果たした役割を分析する。

# 第二章　重盛像の魅力

## 第一回　もうひとりの戦士

### 無視されがちな現状

ここまで述べてきたように、清盛の長男重盛は、『平家物語』の前半で、清盛と対置される大きな役割を持っている。彼の人物像も史実を無視してまで、それにふさわしい魅力あるものに造型されている。

しかし、近年の傾向では、清盛が美化されがちなのと比例して、重盛は影が薄く評価が低くなってきている。

### いやなやつが来た

この傾向は、彼が「君に忠ならんと欲すれば親に孝ならず」の名文句で教科書に紹介されて、忠君愛国のために大きく利用された戦前・戦中の記憶への嫌悪から始まっているのだろう。

たとえば、吉川英治『新・平家物語』は「古来有名」な重盛諫言《かんげん》の場面をあえてまったく描かず、そのことについての作者の見解として長い説明を行っている。

それはそれで、佳《よ》い話だが、ほんとではない。事実の清盛や重盛ではない。その「教訓」のくだりは、以前からも学界に、否定説があるにはあった。しかし、国民教育の見地から「そのままにしておいた方が」という倫理観に支持されて来たのである。だが、今日ではもう教育の資料にもならない。まして、史実でもないものをである。可能なかぎり、真実をさぐり正しく書き、正しい清盛と重盛の対比を見、父は父なりに、子は子なりに、見直すべきではあるまいか。（中略）

従って、古典平家にあるように、清盛が、重盛の来訪にあわてて、鎧の上に、法衣を着こみ、襟元からそれがチラチラ見えるのをかき合わせながら、子の重盛に、さんざんに、教訓されたなどというのは、根もないことと、いうしかない。

常識からいっても、一族列座の中で、自分ひとりが古今の学や道徳を能弁にほこり立て、父親の清盛が、あぶら汗を流すまで、ぎゅうぎゅう痛めつけたりなどしたとは、考えられない。そんな高慢くさい親不孝者が、どうして、忠臣孝子の代表みたいに讃えられて来たのか、ふしぎである。

これでは、重盛も、かあいそうだ。清盛には、なお気のどくである。(御産の巻)

また石川淳『おとしばなし集』の「平清盛」(昭和二十六年〈一九五一〉十一月発表)の次のような描写にも『平家物語』の重盛への反感がうかがわれる。

小松内大臣重盛、おつにすました格好で、そろりそろりと廊下をわたって来る。清盛、それと見るより、顔をしかめて、

「がっかりさせるねえ。いやなやつが来たよ。わが子ながら、きざな男がいたものさ。あいつが来れば、例の諫言のむしかえしだ。もう聞きあきたよ。あの賢人づらを見ただけで、興がさめるね。うまくだまして、追いかえしてやろう。」

## 論文での評価

以上は文学作品だが、学術論文の方でも重盛像はいろいろな意味で高い評価は得ていない。

石母田正『平家物語』（昭和三十二年十一月刊行）では、

院および院の近臣にたいして仮借しない措置をとろうとした清盛を諫止したときの重盛の言葉は、古来有名であるが、そこには儒仏の思想についての作者の博識ぶりを見ることはできても、中味は意外に貧困なのである。作者がもっとも力を入れて創り上げた人物だけに、物語としてみればかえって破綻《はたん》も大きい。しかし重盛は、饒舌《じょうぜつ》なだけに、作者の理想や思想を知るうえでは便利である。（第一章「運命について」）

と、作者の思想の代弁者としての価値のみを認めている。

このような評価はその後もさほどの変化はなく、昭和六十一年十一月発行「日本文芸論稿」（東北大学文芸談話会）第十五号の佐倉由泰「平家物語における平重盛像の考察――物語における機能と文芸的意義をめぐって」も、先の石母田氏をはじめ、小林智昭、山下宏明、今成元昭などの各氏の重盛像に関する論をひきつつ、重盛を、後白河法皇や頼朝と同様の、物語における秩序を枠づける存在としてとらえ、そういった面での役割を評価されるが、いわゆる人物像としては、物語の中で、重盛は、理想的人物としてきわめて賞賛的にとらえられている。しかしながら、重盛をもって、いわゆる英雄とみなすことには違和感を禁じ得ない。彼は、人々の信望と期待を集め、強大な政治力を有しているとされてはいるが、その政治力は、あくまでも潜在的なものにとどまり、新たな政治状況を切り開く形で発展しない。(中略)

重盛の人物形象そのものを問題にして、その文芸的達成度を考える場合、積極的な評価はしがたい。これは、重盛の人間像が、儒教的、仏教的理念を体現するがあまり、生動性や情意性を有しておらず、平板で、スタティックな造型となっていることによる。(中略)

このように、造型のあり方を見ても、登場人物間の関係でとらえてみても、『平家物語』の重盛の描写に関しては積極的評価をしがたい。

と、大変否定的である。

近年では物語の中の彼の役割を重視する方向もあるが、基本的には作者の代弁者にすぎず、精彩を欠き魅力に乏しいという評価は変わっていない。むしろ、史実をとりこむかたちで、その無力性が強調されつつあるようだ(註1)。

## 江戸時代の眼

ところで、江戸時代には、軍記物を換骨奪胎した文学作品が多い。いわゆる二次創作ともいうべき、このような性質の文学が多いのは江戸時代の一つの特徴であり、中でも『平家物語』はよく題材とされた。したがって、浄瑠璃、読本、黄表紙などに重盛はしばしば登場している。そこには特に反感や軽侮といったものはうかがわれず、きわめて自然に、すぐれた人間、ある種の英雄として描かれている。

滝沢馬琴の『椿説弓張月』後編巻三には、為朝の生存を察知する数少ない人物として重盛が登場する。特に重盛である必要はないところに登場するのが、かえって馬琴や当時の人々の重盛への評価を示しているだろう。大田南畝の黄表紙『源平惣勘定』の冒頭の描写にも諧《かい》謔《ぎゃく》や揶揄の気配はない。

近松門左衛門は『曾我五人兄弟』（元禄《げんろく》十二年〈一六九九〉）、『孕常盤《はらみときわ》』（宝永七年〈一七一〇〉）、『殩静胎内捃《ふたりしずかたいないさぐり》』（正徳《しょうとく》三年〈一七一三〉）、『娥哥《かおうた》かるた』（正徳四年）、『平家女護島』（享保四年〈一七一九〉）などに重盛を登場させるが、いずれも悪意や諧謔はない。『娥哥かるた』では聡明で慈悲深い主君として、『孕常盤』と『平家女護島』では憂国の士としての面が強調されている。

江島其磧《えじまきせき》『鬼一法眼《きいちほうげん》虎の巻』（享保十八年）巻七の二、熊沢蕃山《くまざわばんざん》『集義和書《しゅうぎわしょ》』（寛文《かんぶん》十二年

〈一六七二〉巻一、上田秋成『雨月物語』（明和《めいわ》五年〈一七六八〉脱稿）の「白峰」、平賀源内『源氏大草紙』（明和七年）なども否定的な表現はない。源内の『そしり草』（安永四年〈一七七六〉）では頼朝を許したこと、早世を願ったことを批判するが、諫言そのものについては評価している。

桜田治助《さくらだじすけ》（二世）の『伊勢平氏摂神風《いせへいじひいきのかみかぜ》』（文政《ぶんせい》元年〈一八一八〉）では、小娘と恋をする重盛が登場し、これはその典雅さ、優美さを強調した人物像であろう。いささか諧謔の気はあるが、反感は感じられない。河竹黙阿弥《かわたけもくあみ》の『牡丹平家譚《なとりぐさへいけものがたり》』（明治九年〈一八七六〉）の重盛も堂々と力強い。

これらを見ていると、『平家物語』の重盛像に対する反撥や批判が近代、それも戦後に強くなっていること、戦時中に道徳的な教材として使われたことへの屈折した感情が原因の一つにあることが推測できる。

また、江戸時代の重盛像の多くが、すでに『平家物語』の重盛が持っていたような悪賢いまでのしたたかさや強さを持たず、悲劇性や道徳性のみが強調されていることもわかる。『平家物語』の重盛にあったダイナミックな多面性が次第に薄らいで、彼の涙や悲憤を素直にそれだけのものとしてとらえる傾向が生まれ、無力な良心的存在としての面が定着していくこととなった。道徳的教材としての利用もその延長線上にあったのだろう。

今ここでそれを詳しく検討している余裕はないが、少なくとも江戸時代においてはいささかの硬化はあるものの、現代の評価とちがって、『平家物語』の理想的人物としての重盛像は自然にうけいれられ、肯定的にとらえられている。当時の人が重盛に感じた魅力を、現代の私たちが感じることは不可能だろうか。

### 戦う重盛

重盛の発言や行動のすべては、平家一門が神仏に見限られることのないようにしようという配慮から起こるものである。神仏への寄進や帰依、自らの命を召して平家一門の滅亡を遅らせてもらうといったこともするが、具体的な行動としては、神仏に、すなわち世人に納得できないで反撥を招くようなことは、平家の指導者であり最高権力者である清盛にさせてはならぬということが彼の重大な任務であり、そのために彼はほぼ二回、清盛と対決する。最初が鹿ヶ谷の変の計画が露顕して逮捕された首謀者藤原成親の命乞いであり、次は法皇を幽閉しようとする清盛の計画の阻止である。有名な「教訓状」と、その前に小手調べのように行われる「小教訓《こぎょうくん》」である。

まず巻二「小教訓」から見よう。

反乱が露顕して囚われた成親を訪れた重盛は、命だけは助けてほしい、そうしたら出家して静かに暮らすからと嘆願する成親を慰めて、父清盛のところに行く。

この時の彼の、清盛に対して成親の助命を乞う長い言葉には、たしかによく指摘される彼の特徴であるところの故事の引用や道徳的な教訓はある。

しかし、むしろ次のことを見逃してはならない。第一に、重盛が、成親は無実だという議論をいっさい避けていることである。第二に、「すでに召し置かれぬるうへは、いそぎうしなはれずとも、なんのくるしみか候べき」「是《これ》は、させる朝敵にもあらず」と、清盛が最も気にしている具体的問題に、的確な解決を与えていることである。

重盛の教訓は、決して非現実的でもなければ空理空論でもない。冷静な判断と情勢分析に基づいていて、だからこそ清盛も納得するのだ。成親の無実云々《うんぬん》は両者の間で議論されない。重盛が議論させない。成親の謀反参画を認めないふりをするのも、認めた上で弁護するのも、どちらも自分を不利な立場におくことを、重盛は知っているからである。

## 教訓状の分析

さてそこでいよいよ、冗長とか空疎とかさまざまに批判される、巻二「教訓状」の、文庫本ならまるまる三ページにもなんなんとする重盛の清盛説得を読んでみる。

鹿ヶ谷の変に後白河法皇が一枚どころではなく噛んでいたことを知った清盛は、怒って法皇幽閉を決意し、一門を呼び集める。それに応じて集結した一族がいずれも武装している中、平常の優雅な直衣《のうし》姿で重盛は現れる。

これからしてすでに明確な意思表示であり示威である。服装は思想を表す。それなりの計算や決意がなくてできることではない。さらにまた、皆がかたずをのんで注目する中、清盛と対座した重盛は口を開かず沈黙を続ける。耐えられずに先に話し出すのは清盛で、これがまた、明らかに重盛の勝利である。さらにさらに、「これこれの理由で法皇を幽閉する」と自らの立場を息子に弁明してしまった清盛に対し、重盛はどう反応するか。いきなり泣くのである。「大臣《おとど》聞きもあへず、はらはらとぞ泣かれける。入道『いかにいかに』とあきれ給ふ」のだが、これを読むたび私はつくづく、重盛という人の外交術の凄《すご》さに感じ入る。

本来、この場での重盛の発言内容など、清盛にも他の皆にも予想はついており、その点では興味もなかったはずである。それが相手の突然の涙によって「いかにいかに」と、否応《いやおう》なしに重盛の心境を聞きただす姿勢をとらされてしまう。そこで重盛は、あくまでそれに答えるかたちで、思う存分、自分の意見を述べるのである。

その中で、彼が儒仏の思想を駆使して述べる大義名分は、「中身は意外と貧困」（石母田正）かもしれないが、説得の技術としては必要である。清盛に、たてまえとして守るべきものを与え、重盛個人にではなく正義に屈したというかたちをとれるようにしなければならないからである。

また重盛は、平家のおごりを指摘し、法皇の行動にも道理はあると言い切る。勇気ある発言である。だが、これはまた、法皇に一方的に裏切られたと感じて傷つけられている清盛の誇りを慰撫《いぶ》し、冷静にさせる効果をも持つ。法皇の力に脅え、切り捨てられる愚かな弱者になることを恐れる清盛の危機感を、法皇こそが弱者であり、平家一門は力を有する悪であると攻撃することによって鎮静する作用が、この発言にはあるのである。

重盛はこのようにして、自分自身と法皇とに対して清盛が屈辱を感じないですむ思考回路を作り出す。さらに、「小教訓」にもあった現実論でそれを補強する。「其上仰合《おおせあわせ》らるる成親卿めしをかれぬる上は、設君《たとい》いかなる不思議を、おぼしめしたたせ給ふとも、なんのおそれか候べき」(成親を捕えている以上、法皇が何を計画しても心配することはありません)と、当面の、現実に法皇に滅ぼされはせぬかという清盛の不安に、的確な解決を与えることを忘れない。

そして最後に彼は、これだけのことを言った自分自身を清盛から守るため、力と涙の二方面からの脅迫を行う。

時の権力者に対し、ここまで発言した以上、それを認めさせ実現させなければ、次は自分自身が危ない。重盛にとって最高の自己防衛は、むろん自分の意見を採用させることである。

次回に述べるさまざまな人たちと異なり、重盛には戦力があった。「かなはざらむまでも、院御所《いんのごしよ》法住寺殿を守護しまいらせ候べし」「其《その》儀にて候はば、重盛が身にかはり、命にかはらんと契ッたる侍共《ども》少々候らん。これらを召具して、院御所法住寺殿を守護しまいらせ候はば、さすが以外《もつてのほか》の御大事でこそ候はんずらめ」（巻二「烽火之沙汰《ほうかのさた》」）

満座の中での宣戦布告である。その理由も大義名分として充分に述べ、自分の意志ではなく義務であることを強調する。ここで終われば彼は単なる正義漢であろう。しかし重盛は、ここまで態度を鮮明にしながらもなお、生きる努力も成功への工夫も決して放棄しようとしない。

父への反逆を宣言した直後、清盛がそれに対して述べるはずの怒りや大義名分を彼はすばやく先取りする。「迷盧《めいろ》八万の頂《いただき》より猶《なお》たかき父の恩、忽《たちまち》にわすれんとす」「進退惟《これ》きはまれり」と先手をうって嘆く。そして、「ただ重盛が頸をめされ候へ」「ただ今、侍一人に仰付て、御坪《おつぼ》のうちに引出されて、重盛が首のはねられん事は、安いほどの事でこそ候へ」と、自分の命をとることを迫る。この理屈もこの処置も、清盛の反応として充分にどちらも予想できることであった。重盛は自分からそれを発言することによって、清盛の出る幕をなくしてしまい、「そんな理屈は承知の上だ」「そんな処置など恐ろしくはない」と事実上宣言し、相手の対応を封じてしまう。

述懐の終わりの部分は「もうどうしていいかわからない。こんな世の中には生きているのもいやになった」という、厭世《えんせい》的な色彩を帯びる。一見、無気力な放心、思考の放棄にも見える。だが、現実の重盛はいざ知らず、『平家物語』の中のこの重盛は決してそれほど純粋でも脆弱《ぜいじゃく》でもない。こうすることによって、重盛は、結論を出す責任を清盛に与え、そうすることによって体面を保たせるのだ。彼の語る大義名分や、流した涙に決して嘘はないものの、それが正確に意識され効果的に用いられるのと同様、この発言の最終部分の無気力や絶望、厭世感も、本心であっても、すべてではない。もし、それだけが彼の本心であったなら、帰宅後直ちに虚報を飛ばして兵を集め、「あの、ものに騒がない方が一大事とおっしゃるのだから何かよほど大変なことだろう」と、父のもとに集まっていた兵たちまでを、ぞろぞろ自分の屋敷に移動させ、父の館をがらあきにしてしまうという、父への示威行動を行って、力の脅迫を言葉のみで終わらせず、現実に的確に裏打ちしておく機敏な行動がとれようか。世の動きに対する絶望や空しさそのものも、武器として利用することができる人物として、彼は描かれているのである。

小林智昭の「平家物語の理論構成——重盛像をめぐりて」(『国語と国文学』昭和二十三年一月号)は、重盛の論がいったん混迷の極に転落し、その後また毅然とするのを、論の破綻として、その涙に痛切さがなく、嘆きには「意識的技巧」があるとする。それは、あるいは、重盛の発言の持つ、計算されつくした虚々実々の言葉の戦いという性格が生む印象なのではないだろうか。石川淳や吉川英治が重盛の発言や行動にわざとらしさや鼻もちならなさを感じとったとしたら、それも同様の理由であり、それぞれ、正確な印象とも言える。

『平家物語』の登場人物の多くがそうであるように、重盛もまた戦う戦士であった。しかも、後半の義経が戦場においてそうであったと同様、水ももらさぬすぐれた戦法を駆使しては勝利と成功をおさめつづけるすぐれた戦士であった。『平家物語』の享受者たちは、このような重盛のすべてに、義経の戦いぶりを見る時と同様の、胸のすくような痛快さを感じていたのではなかったか。

**註**

（1）いのぐち泰子『平家幻生』（風媒社）でも、重盛は「なんたる石頭」と清盛が歯ぎしりするほど頭の堅い無力な人物として描かれる。これは小説のかたちをとっており、当然そのような解釈はあっていい。ただ、このように近年の重盛像は、清盛が魅力的に描かれて美化されるのに比例して否定的なものになってゆく面がある。

## 第二回　武器のない戦い

### 論争、説得、嘆願

前節で述べた重盛の戦いは、彼だけの特徴ではない。むしろ、『平家物語』全体に同様の、武器ではなく、言葉を用いて戦う場面は多く、しかも印象的な名場面となっている。その内容の質の高さは、今日のディベートの参考資料としても充分に有益であるといってもいいほどだ。

重盛以外の人々の、そのような論争や説得、嘆願の場面を紹介して、このような戦いの最強の戦士として描かれた重盛の魅力を再確認しよう。

### 戦闘の後に

『平家物語』には、捕えられた敗者が、勝者の前にひきすえられ、両者の間に問答がかわされる場面がいくつかある。これらの場面には、形式的にも内容面でも、いくつかの共通点がある。

まず勝者が口を開いて、相手のみじめな現状を（時に行動もともなって）確認させ、その原因を追求する。

（1）入道相国（清盛）大床《おおゆか》にたッて、「入道かたぶけうどするやつがなれるすがたよ。しやつここへ引よせよ」とて、縁のきはに引よせさせ、物はきながら、しやッつらをむずむずとぞふまれける。「もとよりをのれらがやうなる下臈《げろう》のはてを、君（後白河法皇）のめしつかはせ給ひて、なさるまじき官職をなしたび、父子共に過分のふるまひするとみしにあはせて、あやまたぬ天台の座主《ざす》（明雲《めいうん》僧正）流罪に申《もうし》おこなひ、天下の大事引出《ひきいだ》いて、剰《あまつさえ》此《この》一門（平家）亡ぼすべき謀反にくみしてンげるやつ也。有《あり》のままに申せ」とこそ、の給ひけれ。（巻二「西光被斬《さいこうがきられ》」）

（2）前《さきの》右大将宗盛卿大床にたッて、信連《のぶつら》を大庭にひッすゑさせ、「まことに、わ男《おとこ》（おまえ）は、『宣旨とはなんぞ』とて斬ッたりけるか。おほくの庁《ちょう》の下部《しもべ》を刃傷・殺害したん也。せんずるところ、糺問《きゅうもん》して（拷問にかけて）よくよく事の子細をたづねとひ、其後河原にひきいだいて、かうべをはね候へ」とぞ、の給ひける。（巻四「信連」）

（3）兵衛佐《ひょうえのすけ》（頼朝）いそぎ見参して、申されけるは、「抑《そもそも》君（法皇）の御いきどをりをやすめたてまつり、父（義朝）の恥をきよめんとおもひたちしうへは、平家をほろぼさんの案のうちに候へども、まさしく見参にいるべしとは存ぜず候き。このぢやうでは、八島の大臣殿《おおいどの》の見参にも入《いり》ぬと覚え候。抑《そもそも》南都をほろぼさせ給ひける事は、故太政入道殿（清盛）の仰《おおせ》にて候しか、又時にとッての御ぱからひ（あなたの当面の判断による処置）にて候けるか。もッての外の罪業にてこそ候なれ」と申されければ、（巻十「千手前《せんじゅのまえ》」）

（1）は、鹿ヶ谷の変を計画していた一味の一人、西光法師を捕えた清盛、（2）は、高倉宮を頼政のもとへ逃がした後、御所を守って戦い、捕えられた長谷部《はせべ》信連に対する宗盛、（3）は、一の谷で生け捕りになり、鎌倉へひかれた重衡に対する頼朝の発言である。いずれの場合も、両者の間での武器における戦いは、すでに終わるか、もはやなされる余地はない。

にもかかわらず、戦いは終わっていない。無力化した敗者に、その罪を確認させ、因果関係を充分に納得させ、勝者の正しさを心の底から認めさせた上で、当然の罰として、反省しつつ刑をうけさせるのでなければ、勝者の勝利は完成しない。

　近未来の独裁体制下の管理社会と、それに対する抵抗の挫折を描いたG・オーウェル『一九八四年』（一九四九年）で、処刑される反逆者たちは、その前に拷問にあって挫折し転向しているだけでなく、教育と洗脳によって心から悔い改め、指導者への感謝と愛と悔恨に満たされながら死刑にならなければならない。いやな図式であるが、これは時代も国も思想も宗教も問わず、一つの社会を指導し支配する人にとっては実に最高の理想的状態である。体罰を肯定する人々がしばしば「なぐられた本人も感謝している」ということを、その理由にするのを見てもわかる。

それだから、ここで勝者が敗者に対して「おまえがそのような状態になっているのは当然の結果であり、神が与えた罰である」ということを確認させるのは大変重要な手続きである。それは、相手のみならず、周囲で見ている味方の人々にこのことを深く納得させることで、戦いの意義は確認できるし、以後の支配や指揮もぐっとやりやすくなる点からも大切である。つまり、ここまでやらないと、勝利は完成しないのである。

そこで勝者たちは、それぞれの性格や器によって差はあるものの、同様の意図と工夫で相手を押しひしごうとする。

清盛は、西光がいやしい身分でありながら成り上がり、明雲僧正の流罪など、思い上がった行為の数々をして天下を騒がせた「過分のふるまい」の一環として、平家一門への謀反の計画を位置づけ、「入道かたぶけうどするやつがなれる」当然の結果と、西光の現状を判断させようと、相手の顔をふみつける具体的事実も与えて、努力している。

宗盛は、「宣旨の使《つかい》」と名のって捕えに行った役人に対し、「宣旨とはなんぞ」と言って応戦した信連の、その発言と行動を問題にし、責めている。とりわけ、この発言は、戦いの際の勢いで出たものであるにせよ、人々が共有する秩序を破壊するもので、信連にとっては不利であり、形式的ではあっても充分に罪を自覚させせられるべきものである。宗盛は、そこを意識し、ついてくる。

頼朝の発言は、前二者よりも表現はやわらかいが、内容は軽くない。彼は、父義朝の仇をとるという私憤と、君命に従って行動したという公の立場を結合させつつ、「意外に早くお目にかかれた」と相手を冷ややかに揶揄し、勝利に酔う。その誇りをもって、南都炎上が重衡の自由意志によるものか、清盛の命令であったか問いただす。これは、重衡自身が、この少し前に、法然に対し、充分に自分の罪と意識して語り、作者も平家滅亡の原因となった罪業と、位置づけているものである。頼朝は重衡に、あらためて平家一族と彼個人としての、その罪を自覚させ、現在の運命を納得、確認させようとするのである。

前出の上横手雅敬『源平争乱と平家物語』は、捕えられた宗盛の処遇が朝敵なのか頼朝の私的な仇なのかの解釈をめぐって混乱している過程を綿密に追求する。そのような状況は、同様に虜囚となった重衡に対する、この頼朝の発言にもよく現れている。現代でも単なる力関係や利害関係の戦いや対立、そして勝利や敗北が、正義と悪の対決として彩られて伝えられようとすることは、国家間でも組織間でも個人間でも、珍しくなく、ここでも頼朝は意識的にか無意識にか、その点を渾然《こんぜん》とさせている。

## 不誠実な回答

それでは、これに対する敗者たちの反論を見よう。

（1）西光もとよりすぐれたる大剛の者なりければ、ちッとも色も変ぜす、わろびれたるけひきもなし。居なをりあざわらッて申けるは、「さもさうず。入道殿こそ過分の事をばの給へ。他人の前はしらず、西光がきかん所にさやうの事をば、えこその給ふまじけれ。院中に召つかはるる身なれば、執事の別当成親卿の院宣《いんぜん》とて催されし事に、くみせずとは申べき様なし。それはくみしたり。但《ただし》、耳にとどまる事をも、の給ふものかな。御辺《ごへん》（あなた）は故刑部卿《ぎょうぶきょう》忠盛の子でおはせしかども、十四五までは出仕もし給はず。故中御門《なかのみかどの》藤《とう》中納言家成卿《いえなりきょう》の辺に立入給しをば、京わらはべは『高平太《たかへいだ》』とこそ言ひしか。保延《ほうえん》の比《ころ》、大将軍承り、海賊の張本卅余人からめ進ぜられし賞に、四品《しほん》して四位の兵衛佐と申ししをだに、過分とこそ時の人々は申あはれしか。殿上のまじはりをだにきらはれし人の子で、太政大臣まで成あがッたるや過分なるらん。侍品《さぶらいほん》の者の受領《じゅりょう》・検非違使《けびいし》になる事、先例・

傍例《ほうれい》なきにあらず。なじかは過分なるべき」と、はばかる所もなゥ申ければ、入道あまりにいかッて物も、の給はず。（巻二「西光被斬」）

（2）信連すこしもさはがず、あざわらッて申けるは、「このほど夜な夜なあの御所を、物がうかがひ候時に、『なに事のあるべき（心配するほどのことはないだろう）』と存《ぞんじ》て、用心も仕《つかまつり》候はぬところに、よろうたる（武装した）物共がうち入《いり》て候を、『なに物ぞ』ととひ候へば、『宣旨の御使』となのり候。山賊・海賊・強盗など申《もうす》やつ原は、或は『公達のいらせ給ふぞ』或は『宣旨の御使』なゝどなのり候と、かねがねうけ給はッて候へば、『宣旨とはなんぞ』とて、きッた（斬った）る候。凡《およそ》は物の具をもおもふ様につかまつり、かねよき太刀をもッて候ば、官人共をよも一人も安穏ではかへし候はじ。又、宮の御在所は、いづくにかわたらせ給ふらむ、知りまいらせ候はず。たとひ知りまいらせて候とも、さぶらひほんの物の、申さじとおもひきッてん事、糺問におよゝで申べしや」とて、其後は物も申さず。（巻四「信連」）

（3）三位中将の給ひけるは、「まづ南都炎上の事、故入道の成敗にもあらず、重衡が愚意の発起にもあらず。衆徒《しゅと》の悪行をしづめんが為にまかりむかッて候し程に、不慮に伽藍《がらん》滅亡に及候し事、力及ばぬ次第也。昔は源平左右にあらそひて、朝家の御まもりたりしかども、近比《ちかごろ》源氏の運かたぶきたりし事は、事あたらしう初めて申べきにあらず。当家は保元・平治よりこのかた、度々の朝敵をたいらげ、勧賞身にあまり、かたじけなく一天の君の御外戚《ごがいせき》として、一族の昇進六十余人、廿余年のこのかたは、たのしみさかへ申《もうす》ばかりなし。今又運つきぬれば、重衡とらはれてこれまでくだり候ぬ。それにつひて、『帝王の御かたきを討ッたるものは、七代まで朝恩失《うせ》ず』と申事は、きはめたるひが事にて候けり。まのあたり故入道は、君の御ためにすでに命をうしなはんとする事度々に及ぶ。されども纔《わずか》に其身一代のさいはひにて、子孫かやうにまかりなるべしや。されば、運つきて都を出《いで》し後は、かばねを山野にさらし、名を西海《さいかい》の浪にながすべしとこそ存ぜしか。これまでくだるべしとは、かけてもおもはざりき。ただ先世《ぜんせ》の宿業こそ口惜《くちおしく》候へ。ただし『殷湯《いんとう》はかたいにとらはれ、文王《ぶんおう》はゆうりにとらはる』といふ文あり。上古猶かくのごとし。況《いわん》や末代においてをや。弓矢をとるならひ、敵の手にかかッて命をうしなふ事、まッたく恥にて恥ならず。ただ芳恩には、とくとくかうべをはねらるべし」とて、其後は物もの給はず。

（巻十「千手前」）

これらの反論に共通するのは、まず敗者の勝者との間の差を縮めようとする意識である。

西光や重衡の主張はいずれも、勝者が王法や神仏と自己を一体化させているのに対し、歴史的事実を指摘することによって、両者の立場を相対化させ、相手を自分と同じ立場にひき下げようとするものである。信連の「武器さえよければ勝っている」という発言も、単なる負けおしみでなく、戦闘経過の分析確認によって、原因を明らかにし、相手の勝利をいたずらに大きなものとさせないのである。

これらは、彼らの反論の中では、彼らが真実と信じているものであり、攻撃の部分である。そして、このような、より大きな力の前では両者の間に差はないとする主張が、すなわち相手への攻撃となり得ると考えているところに、『平家物語』の作者の一つの特徴がある。しかし、今はそれにはふれない。問題としたいのは、このような攻撃を行う一方、相手からの攻撃に対し、彼らが守勢にたつ部分の不誠実さである。

西光は、最も問題となるはずの謀反の計画に対し、「院中に召つかはるる身なれば」「それはくみしたり」と、自分の意志ではないかのような表現もぬかりなくとりつつ、あっさりと明確に認める。信連の「宣旨の御使」云々の発言も、彼が本当に庁の役人を盗賊と誤解していたのではないことはあまりにも明らかな、詭弁《きべん》である。そして、法然に対しては、「不慮に伽藍の滅亡に及候し事、力及ばぬ次第にて候へども、時の大将軍にて候し上は、せめ（責任）一人に帰すとかや申候なれば、重衡一人が罪業にこそなり候《そうらい》ぬらめと覚え候。かつうは、か様に人しれずかれこれ恥をさらし候も、しかしながら（すべては）そのむくひとのみこそ、おもひしられて候へ」（巻十「戒文《かいもん》」）と涙ながらに語った重衡が、頼朝に対しては、「力及ばぬ次第也」（どうしようもないことでした）と、質問はいわばいいかげんに切りすてて、ただちに源平の地位の歴史的考察に移り、自らの迷いや苦しみを、この場ではいっさい口に出さない。

いずれの場合もそこには、正直であろうとか、相手の質問に誠実であろうとかいった意識はまったく見えない。単に、相手への反感などという、感情的なものでは片づけられないほど、徹底的に冷静に、彼らは言葉を選び、嘘をつく。信連の場合に典型的なように、その嘘を相手が信じるかどうかさえ、まったく問題ではないこともある。彼らが真に言いたいことは、先に述べた、相手と自分との地位の相対化にある。それ以外の、特に敗北の原因となった自分の行動については、あらゆる手段を使って、罪状を否認し、反省を拒否する。

しかし、彼らがしばしば「とくとくかうべをはねらるべし」の常套句《じょうとうく》で論を結ぶことで確認するように、罪状の否認は決して命乞いのためになされるのではない。といってまた、この語自体も『平家物語』の場合には、相手への恭順ではなく、むしろ神仏の決定した運命に従うことをいちはやく宣言して、相手の介在の余地をなくし、無視することに目的がある。

それにしても、その語は、彼らの罪の否認が、命惜しさによるものではないことを、表明するであろう（註1）。

だが、罪状の否認が命乞いのためでないと同様、反省の拒否はまた決して、処刑への口実を、相手に与えるものであってはならない。西光が、動かせない事実の容認というかたちで、自分の罪状が確認されることに、討論の焦点が向くのを恐れて、事実だけはすばやく容認して、論の中心をそこからずらしてしまい、他の点で言いたいことを言いちらす一方、その事実の確認についても、自分の意志であったか否かについてはしぶとく保留しつづけて、不要な明言、意志表示は冷静にさけているのも、信連が、糾問されるであろう高倉宮の行方について、「知らないが、知っていても言わない」と、黙秘する決意を明確に相手に伝えつつ、知らないと嘘をつく形式を守ってみせることによって妥協する余地を相手に残す、二重の回答拒否をして、本来、二段階を経て相手に伝え得るはずの、聡明さと意志の強さとの双方を一度に相手に伝えるという、離れ技を行ってみせるのも、そのためである。

西光も、信連も、そうすることによって、現実に命が助かる可能性が生まれるとは、おそらく考えていない。それでも、そういう、一見卑怯《ひきよう》ともみえるしぶとさを示すのは、いたずらに生きることを放棄した姿勢をとってはならず、どのように小さい、生きる可能性でも追求しておくことを、彼らが心がけるからである。

命乞いではない「罪状の否認」と、生きようとする姿勢を放棄しない「反省の拒否」という、一見矛盾しあったこの反論を彼らが行うのは、何のためか。それは、死ぬ理由もなく死ぬ意志もない自分を、偶然手に入れたにすぎない勝利の名のもとに相手が殺すのだという、相手の罪状の確認である。神仏の意志か歴史の流れの中でたまたま負わされた互いの役割を明らかにした上で、自分と同様の相手の卑小さを思い知らせ、その相手が自分を殺すことの意味を充分に意識させるのである。最悪の場合でも殺す人々に後味の悪さは残せる。うまく行けば自分を含めた滅びた勢力への尊敬と謙譲の気持ちを相手に与えることによって、来るべき世界を復讐《ふくしゅう》や圧制のくり返しではなく、よりよいものとすることに少しは貢献できるかもしれない（まあ、どちらを最悪の場合ととり、うまく行った場合ととるかは微妙なところではあるにしてもである）。

敗者には、そのような戦いが可能であった。だから彼らは気をゆるめないし、詭弁、虚言、あらゆる手段を用いて戦う。『平家物語』が特に戦闘場面において、卑劣とさえ見える現実的な行動を、さほど否定的でもなく描くことはすでに指摘されている（註2）。この敗者たちも、なまじな誠実さは持たない。あくまで勝者に気を許さず、言葉のかけひきで戦いぬいた彼らに周辺の人々は「ほめぬ人こそなかりけれ」というかたちで支持を与えたことを、『平家物語』は記す。それはすなわち、作者の支持でもあろう。というよりも、作者自身が理想として描き、創り上げていった、敗者の対応ぶりなのであろう。

## 自分が弱者の場合には

勝者と敗者の対決にみる敗者の反論を通して、『平家物語』が、おそらくかなり肯定的に描こうとしている弱者の姿勢、とりわけ、強者に決して気を許さず、きわめて冷静で現実的な判断に基づいて、卑劣、不誠実とも見える手段をも用いつつ、自己の目的を達成していく傾向を述べた。では、それは、弱者が強者に、何ごとかを嘆願する場合には、どのようなかたちをとるのであろうか。相手が明らかに自分にまさる権力を有し、しかもその判断が必ずしも正しいとは信じられないのに、彼らに何かを訴えなければならぬ時、『平家物語』の登場人物は、どのようにふるまうであろう（註3）。

それ又いかでかさる御事さぶらふべき。諸共《もろとも》にめしをかれんだにも、心憂ふさぶらふべきに、まして祇王《ぎおう》ごぜんを出させ給ひて、わらはを一人めしをかれなば、祇王ごぜんの心のうち、はづかしうさぶらふべし。をのづから後迄《のちまで》わすれぬ御事ならば、めされて又はまいるとも、けふは暇《いとま》をたまはらむ。（巻一「祇王」）

平家が全盛を極める頃、清盛の行った「不思議のこと」の一つとしてあげられるものに、祇王と仏御前《ほとけごぜん》という二人の女性をめぐる逸話がある。西八条の屋敷に住まわせて寵愛《ちょうあい》していた祇王という白拍子《しらびょうし》がいて、彼女の家族までが優遇されて人々の羨望《せんぼう》の的だった。ところが、若い白拍子仏御前が屋敷に歌舞を披露したいと訪れ、追い返そうとした清盛を祇王がとりなして招き入れたのにもかかわらず、清盛は仏御前に心を移し、驚いて固辞する仏御前に「祇王に遠慮するのなら、追い出す」とまで言い、実際そうする。その言葉を聞いた時の仏御前の言葉である。

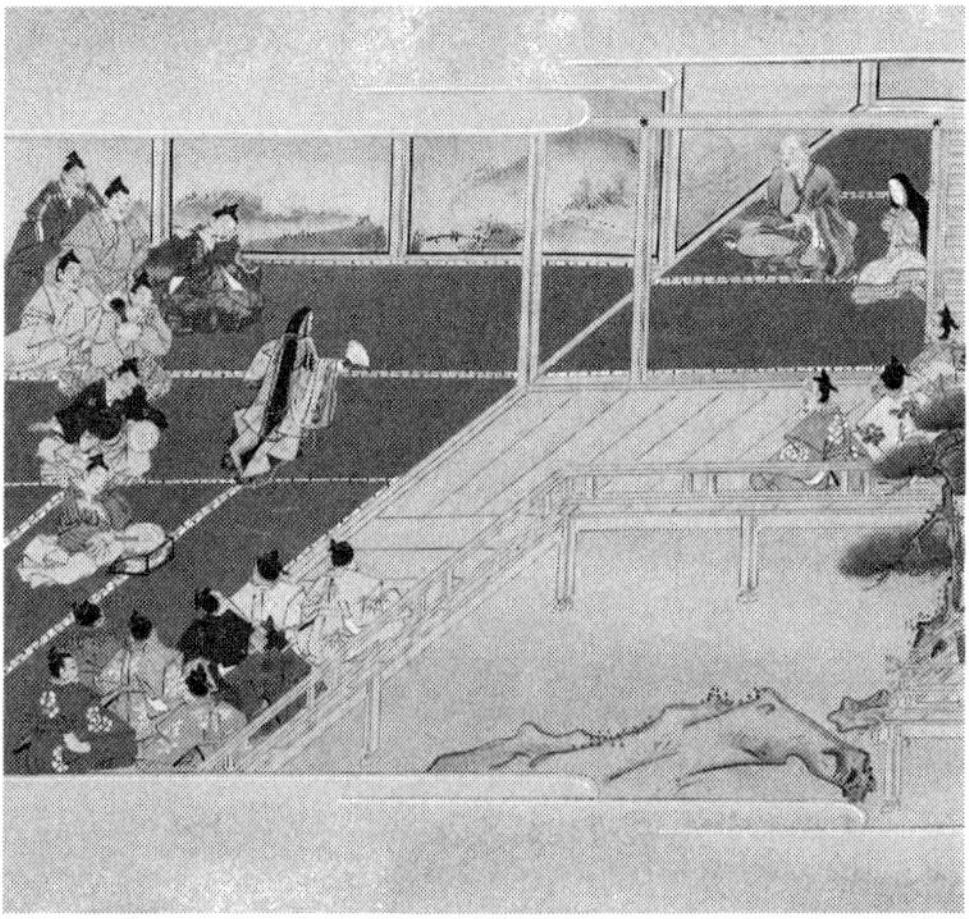

**『平家物語絵巻』より、清盛と祇王に舞を披露する仏御前**（林原美術館蔵）

　失意の祇王はこの後家族（母と妹）とともに出家して嵯峨野《さがの》に住む。まもなく仏御前も出家してそこでともに暮らす。訪れてきた彼女に祇王は「寵愛を失って出家した自分より、清盛の寵愛のただ中にありながら、世の空しさを観じて出家したあなたの心の方が本物だ」と感動する。

　二人の女性にはそれぞれの魅力があり、

祇王の優しい温かさに対し仏御前の行動力と潔さは、時には軽薄な抜け目のない女性との批判も生む。ここで引いた発言にも単なる涙ながらの哀願とは異なる機敏な駆引きが察知されるであろう。「お忘れにならないのならまた来ますから、今日は帰らせてください」という言い方には、明らかに清盛をなだめて、この場を切りぬけようとする計算と意志がある。

このように、相手の力の絶対性は、現実的事実として認めつつ、相手が自分の心を正しく理解し、誠実に対応してくれることは、これまた現実的事実として期待せず、むしろ、相手の判断基準を目ざとく見ぬき、それを利用して難を逃れようとするのが、強者に何かを嘆願する時、『平家物語』の登場人物たちのすべてに共通する傾向である。

どのように嘆いていても、どのように打ちのめされて度を失っているようでも、あるいは、それだからこその必死の本能として、この点で彼らは決して冷静さを失わない。

何事にて候やらん、かかる目にあひ候。さてわたらせ給へば、さり共とこそ、たのみまいらせ候へ。平治にもすでに誅《ちゅう》せらるべかりしが、御恩をもッて頸《くび》をつがれまいらせ、正二位の大納言にあがッて、年すでに四十にあまり候。御恩こそ生々世々《しょうじょうせせ》にも報じつくしがたう候へ。今度も同《おなじく》はかひなき命をたすけさせおはしませ。命だに生きて候はば、出家入道して高野《こうや》・粉河《こかわ》に閉籠《とじこも》り、一向《ひたすら》後世菩提《ごせぼだい》のつとめをいとなみ候はん。（巻二「小教訓」）

鹿ヶ谷の変の計画が露顕し、幽閉された大納言成親が、訪れた重盛に助命を嘆願している。この少し前に、彼は清盛から西光の自白をつきつけられ、一言の反論もできない。絶望のきわみに訪れた重盛を、地獄で地蔵菩薩を見たような喜びの色で迎えつつ、なお成親は相手に対し正直にはならない。「何事にて候やらん、かかるめにあひ候」と、あくまで謀反の件は認めず、一方で「命だにいきて候はば」「一向後世菩提のつとめをいとなみ候はん」と、最も相手の気に入る条件を提示する。重盛もまた、これを不誠実とは責めないし、謀反の件をあえて確認もしない。成親が謀反に参画したことは、おそらく当然承知の上で、彼は清盛に成親の助命を嘆願する（巻二「小教訓」）。

これについては前章で述べたからくり返さない。確認しておくと重盛は成親が謀反に参画したこと、むしろ首謀者であったことは承知の上で、だからこそ、そこに論点を移さないようにして清盛と交渉するのである。

巻二「少将乞請《しょうしょうこいうけ》」で、娘の婿《むこ》となっている、成親の子成経の助命を、清盛に嘆願する清盛の弟教盛の場合は、先の重盛の場合ほどの兵力も政治的地位も有していないだけに、ある意味では重盛以上の緻密な戦法を駆使している。あるいは逆に重盛より単純なため、見ていてわかりやすいとも言える。一見、虚心で誠実なように見えて、その自分の感情のほとばしりさえも効果的に用いて目的を達成する、重盛が使った高度な技術の原型を教盛の説得嘆願には見ることができる。

由《よし》なきものにしたしう成ッて、返々《かえすがえす》くやしう候へ共、かひも候はず。

と、彼はまず初めから婿の成経を「由なきもの（やっかいな、困った存在）」と呼んで、そのような者と姻戚《いんせき》関係になった自己の不運を嘆くことで清盛の正しさを全面的に認めた上で、

相具《あいぐ》しさせて候もの（成経の妻、すなわち自分の娘）が、此《この》ほどなやむ事（病気、ここでは妊娠をさす）の候なるが、けさより此歎《なげき》をうち添へては既《すで》に命もたえなんず。

と、娘の悲しみとそれを慮《おもんぱか》る父としての感情を前面に押し出し、

少将（成経）をばしばらく教盛にあづけさせおはしませ。教盛からで候へば、なじかはひが事せさせ候べき（私がこうしている限り、おかしなことはさせません）。

と、重盛と同じように、当面の具体的な安全の保障を行って助命を嘆願する。清盛はこれを拒絶する。と、教盛は、すかさずそれを、自分の問題にすりかえる。自分が、平家一門のためにつくしてきた、この自分が、預って保障しようと言っているのに、なお成経を許さないというのは、つまり、この自分も信用されていないのである、と言う。

嘘と思うなら原文を読んでいただきたいが、そうとられてもしかたないようなことを、清盛は何も言っていない。それでもなおかつ、教盛はそうとって、強引に、ことを自分の問題にする。ここにも決して、誠実なだけの姿勢はない。あえてそうとっておいて、「そのように疑われるなら、出家してしまおう」と、捨て身の切り札で脅迫するため、わざと行う曲解である。あくまで個人的な述懐のように見えて、充分に効果をねらった、重盛にまさるとも決してひけをとらない教盛の言葉を次にあげよう。

保元・平治よりこのかた、度々の合戦にも、御命にかはりまいらせむとこそ存じ候へ。此後もあらき風をばまづふせぎ参らせ候はんずるに、たとひ教盛こそ年老て候とも、わかき子共《こども》あまた候へば、一方の御固《おんかため》にはなどかならで候べき。それに成経しばらくあづからうど申すを御ゆるされなきは、教盛を一向《いっこう》二心ある者とおぼしめすにこそ（信用できない人間と思っておいでなのに間違いない）。是ほどうしろめたう思はれまいらせては、世にあッても何にかはし候べき。今はただ身のいとまをたまはッて、出家入道し、かた山里にこもり居て、一すぢに後世菩提のつとめをいとなみ候はん。由なき浮世のまじはり也。世にあればこそ望もあれ、望のかなはねばこそ恨もあれ。しかじ、うき世をいとひ、まことの道に入《いり》なんには。

結局、これが功を奏して、清盛も「さればとて出家入道までは、あまりにけしからず」と、成経を教盛に一時預けることに同意する。

## 重盛には魅力がないのか？

このような敗者や弱者の、抜け目のない鋭い対応は『平家物語』の作者のどのような面を示しているのだろうか。当初は私は、戦場での合戦の場面と共通する武士たちの生きる論理によるのだと判断していた。彼らの現実的で形式にこだわらぬ戦う姿勢が、このような虚々実々の論理を展開させるのかと推測していた。今もその可能性を捨てているわけではない。だが同時に、これは必ずしも武士ではない、むしろたとえば都の貴族たちの政治的な日常がこのような場面に託して描かれている要素もあるのかと考えている。

この手の説得がこれほどうまくいくほどには、昔も今も世の中は甘くないだろう。『平家物語』の中でさえ、このような説得が成功するのは清盛が相手の場合にほぼ限られている（註4）。現実の清盛に何がしかそのような印象を抱かせるものがあったにせよ、たとえ清盛相手でも実際の説得はこれほど鮮やかに功を奏したわけではあるまい。『平家物語』はとりあげないが、重盛の息子維盛の妻は成親の娘であって、前出の元木泰雄『平清盛の闘い――幻の中世国家』は、そのこともあって重盛の政治的な力が鹿ヶ谷の変以後後退したのではないかと考察している。現実はそのようにもっとなまなましく複雑な面を抱えて動いていったのだろう。

だが『平家物語』は、清盛や重盛を、そのようには描かない。絶対的な権力者はそれを濫《らん》用《よう》する一方、弱者の知恵と意志を持った説得や嘆願には動かされることも多いという枠組みの中で二人を動かしている。

それを虚構で、おとぎ話で、夢にすぎないとは言いきれまい。そういう要素があるとしても、また一方で、『平家物語』がいくつも描く弱者たちの、言葉による戦い（反論、嘆願、説得）の場面の数々は、さまざまな実例からおそらくは抽出され導き出された、かなり真剣な勝利のためのシミュレーションでもあるだろう。

『平家物語』の重盛は、実戦における義経と同様、そのような言葉による戦いの中で最高の技術を持つすぐれた戦士として造型された。誠実さとともに勇気も機知も持ち、虚々実々の

を流していはく、「恩を知るを人とし、知らざるを鳥けだものとす。恩の中にて最も重きは君の御恩なり。ましてわが家は桓武天皇の御末なれど、中頃甚だ衰へたりしに、父上に及びて榮達《えいたつ》をきはめたまひ、われ等が如きおろかなるものも
第十八　平重盛
八一
尋史上
平重盛父清盛の不忠を諫む

戦前の教科書の中の平重盛（『尋常小学国史』大正九年発行）

かけひきにもたけた、良心的でありながら決して敗北しない英雄として描き出されたのである。

それを不自然で生硬な人間像と言うなら、他の人物もそれぞれに現実離れしているし単純化されている。重盛だけを理想化された非人間的な道徳の傀儡と批判するのは公平でない。勇猛果敢な義経や教経、冷静沈着でいつも正しい判断をする知盛、常に愚かで決断力のない宗盛、豪胆で横紙破りであるがどこか憎めない清盛、すべて相当どころではなく誇張されて不自然で、だからこそ生き生きと鮮やかなのだ。

その中で重盛のみが否定されるのは、彼の体現している道徳的、良心的、優等生的、という人間像そのものへの時代の好みもあるように思えてならない。

現実に重盛は『平家物語』の中で大きな部分を占め、あれだけしゃべり、人々の口にのぼって賞賛されている。貴族から武士から庶民から広い層の老若男女多くの人々が聴き手や読

者であり、少しでも評判が悪く反応がよくなければ切り捨てられていったはずの『平家物語』の中で、彼は生き残っているどころか重要人物として遇されている。私たちはこの事実に対して、もっと謙虚になるべきではなかろうか。第二次大戦が終わるまで、彼が歴史の教科書に盛んにとりあげられたという記憶が虚心に彼の魅力を味わう障害になっているのだとすれば、あの戦争から六十年が過ぎ、何もかもがやや度をすぎるほどにも忘れられたり見直されたりしている現在、彼についてもそろそろその過去の事実と切り離した鑑賞をしてもいいだろう。

**註**

（1）重衡と同様に頼朝の前に引き出されて、頼朝の発言を威儀を正して聞こうとした宗盛に対し、見ていた人々は、「ゐなをり畏《かしこ》まり給ひたらば、御命のたすかり給ふべきか。西国でいかにもなり給ふべき人の、生きながらとらはれて、是《これ》まで下り給ふこそことはりなれ」（巻十一「大臣殿被斬《おおいどのきられ》」）と情けなさに涙を流して批判したと『平家物語』は記す。命を惜しむことからだけの生きる努力は決して評価されていない。

（2）「越中前司《えっちゅうのぜんじ》最期」（巻九）における猪俣小平六《いのまたこへいろく》の行動など、卑怯で卑劣なふるまいを『平家物語』は戦闘中のかけひきとして、まったく批判していない。

（3）たとえば「維盛都落」（巻七）で、維盛の袖にすがって「都には父もなし、母もなし。

捨てられまいらせて後、又誰にかはみゆべきに、いかならん人にも見えよなゝどと承はるこそうらめしけれ。前世の契りありければ、人こそ憐れみ給ふとも、又人ごとにしもや情けをかくべき。いづくまでもともなひ奉り、同じ野原の露とも消え、ひとつ底のみくづともならんとこそ契りしに、さればさ夜《よ》の寝覚《ねざめ》のむつごとは、皆偽りになりにけり。せめては身ひとつならばいかがせん、すてられ奉る身のうさを思ひしッてもとどまりなん、おさなき者どもをば、誰に見ゆづり、いかにせよとかおぼしめす。うらめしうもとどめ給ふものかな」と、同行を願う北の方の嘆願は、ひたすら虚心な心情の吐露であり、作為も自制もない。相手が自分の運命を決する力を有してはいても、愛する夫である以上、その判断に信頼をおくからである。しかし、『平家物語』の嘆願の多くは、このような信頼関係の上には成りたっていない。

(4)絶対的権力を持ち、それを濫用《らんよう》する反面、ある程度嘆願の技術に乗ぜられやすいという『平家物語』の清盛の性格設定は、嘆願の相手役として理想的だった。彼の死後、このような人物は登場しない。義仲、義経はそのような熱心で手のこんだ嘆願をされていない。頼朝に対しては「清水冠者《しみずのかんじゃ》」(巻七)で義仲が、「腰越《こしごえ》」(巻十一)で義経が、誤解を解くよう嘆願するが、清盛相手のような精彩はない。なお、「腰越」の義経が自分なりの不満はありながら腰越状の嘆願の中でそれを語らないのも、「六代」(巻十二)で文覚に六代の助命を嘆願する女房が六代の素性をあくまで偽るのも、相手にすべてを理解してもらえるとは思っていない弱者の判断によるのだろう。

# 第三回　優等生の魅力とは

## 扁平人物と円球人物

前回の最後に近く、『平家物語』の人物が「すべて相当どころではなく誇張されて不自然で、だからこそ生き生きと鮮やかなのだ」と書いたので、え？　と首をかしげられた方もおられたかもしれない。私たちは「自然な描写」「自然な人物像」がすなわち「生き生きとして」「人を感動させる」という考え方に慣らされている。滝沢馬琴の小説などは「不自然」という批判を浴びせられやすいし、現代の小説の批評でも「不自然」とか「史実に不正確」という批判は、しばしば錦《にしき》の御旗《みはた》のように読者や作者をひれふさせる。

やや個人的なことを言わせてもらうと、私は自分の生き方が女性として人間として「不自然」と直接ではないまでも暗黙のうちに、世間や社会から批判されているような圧迫を感じつづけて生きてきたこともあって、「自然」「不自然」という言葉で文学を含めたさまざまな事象を分析することを非常に警戒する。

少なくとも文学においては、不自然で史実を無視した設定や描写でもすぐれたものはいくらでもあり、むしろ厳密にはそうでない文学などは存在しないだろうとさえ考えている。海外の文学理論の中に「扁平（平面）人物」「円球（立体）人物」という用語がある。E・M・フォースターの『小説の諸相』が、

作中人物は扁平（フラット）人物（flatcharacters）と円球（ラウンド）人物（roundcharacters）にわけることができます。

扁平人物とは、十七世紀に「気質」（humours）と呼ばれたものであり類型（types）とか戯画（caricatures）と呼ばれることもあります。その最も純粋な形では、ある単一の観念なり性質なりを中心にして構成されています。二つ以上の要素があれば、円球人物へとふくらむ端緒がえられます。（略）

扁平人物の大きな長所の一つは、彼らが登場するときにはいつでもわけなくそれとわかること——固有名詞がまたあらわれたことに気がつくだけの視覚的な目によってではなく、読者の情緒的な目によってわかることとです。（略）

第二の長所は、あとから読者が思い出しやすいことです。扁平人物は、外部環境によって変えられなかったので、不変のものとして読者の心に残っています。（略）われわれは誰しも、ひねくれた人でさえ、恒久性に憧れています。素直な人にとっては恒久性こそ芸

術作品へおもむく主な言い訳です。われわれはすべて、小説が持続すること、避難所となること、小説中の人物がつねに同一であることをのぞみます。そしてこうしたわけで扁平人物はみずからを正当化しようとするのです。（田中西二郎訳）

と述べているもので、前者（扁平人物）は大衆小説などにありがちな、変化しない誇張され図式的な人間、後者（円球人物）はより現実に近いリアルで複雑な矛盾する要素も持った変化する人間と考えてよいだろう。

フォースターが同書の中で、「元来扁平人物が円球人物におとらず立派にできあがっているとはいえないこと、それからまた彼らは滑稽なときに最もすぐれていることをわれわれは認めなければなりません。扁平人物が、まじめであったり悲劇的であると、どうも退屈な人物になりがちです」と言うように、扁平人物の方が幼稚で未熟な描き方で「不自然」なものという意味で使われることが多い。

しかし一方で、扁平人物を評価するような見解も、洋の東西を問わず存在している。

ある小説が芸術として成功したかどうかを測るのは、その主人公が人間典型としてどこまで生きた普遍性を獲得しているかによってだといっても過言ではないのです。（略）では人間典型とは何かというと、それは一言でいえば、類型に作者の個性と生命とが加わったものです。作者の生の個性が類型を通過して普遍性を獲得したものともいえます。（略）我国の近代の私小説の伝統では類型を排するあまり、典型をつくりだす努力を外らせ、「人間」を描くにはすべての「型」を斥《しりぞ》けねばならぬとしてしまいました。しかし小説から一切の類型を排するのは言語表現の性格自体を無視することであり、「近代」という概念のはきちがえから起った誤算にすぎないのは、さきに述べた諸点から明らかと思われます。真の典型は類型の抵抗によって、類型をこえたところに成立するという思想は、古典がヨーロッパの近代小説にのこした最大の知恵であり、その知恵のなかで多くのすぐれた近代作家の仕事が生きています。（中村光夫『小説入門』）

つまりステロタイプ的という事が一概に悪いのではないと自分は思う。何故かというと傾向的な作物は、どうしてもステロタイプ的色合を帯びて来るからである。それだから、フランスのリアリスト達の取扱った人物の取扱い方と、ロシアのリアリスト達の取扱った人物の取扱い方とは凡《およ》そちがう。フランスの作家達よりも、ロシアの作家達は、人物をステロタイプ的に取扱う。それは傾向的だからである。（略）ステロタイプ的という事その事が悪いのではない。そのステロタイプが作者の息吹によって、熱を持っているか持っていないかによって、その善悪は決定されるのである。（広津《ひろつ》和郎《かずお》「人物のステロタイプ化について」）

このような指摘もあり、扁平人物のようなやや現実離れした部分もある「類型」や「型」を一概に否定したり見下したりすることはできない。

E・ミュアの『小説の構造』はこの点でフォースターを明確に批判して、

『虚栄の市』の人物たちははじめから、この不変性、完結性をそなえていますが、これこそ性格小説の登場人物の本質的な特徴の一つなのです。かかる人物は、スモレット、フィールディング、スターンに、またスコット、ディケンズ、トロロウプなどの小説に見出されます。彼らがいっこうに変化しないのは、真実と相合わぬように見えますし、事実欠点なりとされたこともしばしばでした。もっと生身の人間に近いものでなくてはならぬ、読者に対して何時《いつ》でも一面だけしか見せぬのはいけない、表向きではなしに、いわばぐるりと廻転してその全面を示さなくてはならぬなどといわれます。フォースタ氏は、こうした作中人物を「平面的（フラット）」だとなし、「平面的」なのは困るといっています。だが、平面的な人物は事実小説に出てくるわけで出てくる以上は何らかの存在理由があるに違いないのです。性格小説ではこういう人物に数知れず出くわします。これをもって偉大な性格小説家のすべてが、不幸にも犯さざるをえなかったあやまちとするよりも、彼らの「平面性」そのものにある筋道が存すると考える方が理にかなうと思います。そもそも性格が平面的であってはなぜいけないのか。これに対する本当の答えは、ただ一つ、現代批評の好みが立体的人物をよしとするという以外にないのです。次代の好みはひょっとしたら平面的な人物にゆくかもしれません。（佐伯彰一訳）

と、扁平人物を評価する。

**集団を描く**

ところで、これも扁平人物を評価しようとする見解の中の一つになると思うが、伊藤整が『文学入門』（光文社カッパ・ブックス）と『小説の方法』（新潮文庫）の中で、次のようなことを言っている。

全部がバラバラではないけれども、『源氏物語』の一人一人の女性たちは、ヨコに物語の中に順に並んでいるだけであって、それらの女同士がたがいに結びついたり争ったりする場面は少ないのである。このような形式の小説を並列型の物語構造を持っているもの、と私は考えている。(『文学入門』第一章「物語の成立とその形式」3　日本的並立形式)

作者が描こうとしているのは、それらの人物の間に起る組み合わせの問題でなく、それらの女性が、ある者は死に、ある者は去り、ある者は他人の子を宿す、というふうに移り変ってゆき、彼みずからも盛時をきわめてから衰えて死ぬということの、移り変りの感動である。(略)それに比べて「デカメロン」のような、人間が一カ所に集って、話を交換するという形の方は、やがて人間相互の関係づけが深められる芸術形式を必要とすることになる。そして小説が構造的になってゆく。その前に、構造形式の先駆となったのが戯曲である。(略)

人間を組み合わせとして、総合的に考える思想と相ともなって戯曲は盛んになるものであって、その形がそのままヨーロッパの社会構造を反映したものであるといってよい。(略)

だが、もう一つ、人間を単独人でなく、組み合わせにおいて描く形式の起りは、戦争物語である。『イリアード』は戦場における人間の力を、対比や働きの組み合わせにおいて描いた傑作であって、十九世紀の終りにトルストイが『戦争と平和』を書く時には、『イリアード』のような作品を作りたいと思って書き出した、と言われる。戦争物語は、人間を集団として、人間相互のあらゆる関係を描くのにもっとも適した構造を元来持っているものであって、劇や近代小説における人間群描写の原型をなしていると言ってよい。たとえば日本でも『平家物語』や『日本外史』においては、大きな集団としての人間の描写の立派な典型を見ることができる。しかし、戦争による人間群描写においての大きな弱点は、女性がそこで十分に描かれない、ということである。女性が男性と対等なものとして存在しない人間の集団は、文芸作品として根本的に不完全なものである。女性なしの人間群は、真の人間群ではない。『イリアード』にも、『平家物語』にも、『日本外史』にも、女性は多少は描かれているが、それはたんに伴奏的なものにすぎないから、戦争物語をもって、そのまま近代の文芸の原型とすることはできない。(同前、4 集団の表現)

ところでこの『イリアード』的な怖ろしい人間描写の正確さはどこから来ているか。私はそれを責任ある作者の非存在、即ちエゴの無から来ていると思う。「これが私の作った作品だ、私の本音がこの中にある、私の倫理観がこの中にある」と言う作者がいない。そして何人もの手を経、何代にもわたって語り伝えられる内に、その民族の人間についての正確な思考を納得さす責任者なしに作ってしまった作品である。作者はその中で隠すべきエゴを感じない。自分に似せた主人公を蔽《おお》い仮面をかぶせてやる必要を知らない。そのために作中の人物は、作者の恥やいたわりのために歪《ゆが》められない。そのため素朴な手法ながら、怖ろしいほど人間性が正確に描き出されている。(『小説の方法』四　環境と創作)

こういうことが、神話の形成のように、事実何代にもわたって受けつがれ、記録されずに伝承される間に、忘却という曖昧化を利用して、感情を充足するように歪められ、描き直されると、自然結晶物の巨大な力を持つわけだ。『バイブル』のように『イリアード』のように『古事記』のように、切れ切れな小さな挿話が、固定しないで受けつがれている間に、民族的な共通のエゴにふさわしいふくらみと歪みを帯びた鋳型となる。それが固定した頃には、その充足感は、決定的なものとなり、その鋳型から今度は逆に民族の共通のエゴの偏向が作られて行く。『水滸伝』、『太閤記』、『アーサー王物語』、能や歌舞伎の諸作品などは、形成過程のもっと明かなその種の説話だ。それ等のものは民族の共通の発想をゆるすところの、ゆるやかな、ヴァリエーションに耐える融通性を、神秘的なくらい持つようになる。構造は鋭くなく、不安定なように見え、人物は性格の角を鈍らされ、非写実的で反自然的な感情の高まりがあり、論理的な現代人の考からすると、それは幼稚なものに見えながら怖ろしい調和を持っている。(同前、九　散文芸術の性格)

伊藤整はここで、人間の集団を描く文学として、伝説や演劇、戦争文学をあげている。そして、『源氏物語』の場合は集団が描かれていても並列的なので、これにはあてはまらないとし、また戦争文学の集団描写の弱点は女性を重要なメンバーとして登場させにくいことにあると指摘する。伊藤整は別のところで、このような伝説では人物の「型」が成立し模倣され、さらにそれが膨らむとも言っている。ここでいう集団描写で登場する人物たちは、おそらく扁平人物の要素を強く持つといっていいであろう。

これらの作品の一つとして、『平家物語』もあがっているのに注目したい。トロイア滅亡を題材に、ギリシャとトロイアの双方をほぼ同じ比重で描く『イリアード（イーリアス）』は、もともと『平家物語』と似た要素があり、『平家物語』関係の著書や論文にも引用されることが多い。伊藤整はこの二作品をともにあげながら、多数の人間が作者として関わったことによって生まれる、この種の群像劇の「幼稚なものに見えながら怖ろしい調和」を指摘する。

### 群像内の役割分担

ところで私の考えでは、伊藤整があげたものも含めて、これら集団描写を行う作品の登場人物の組み合わせには、結構共通する一つのパターンがある。

R・ウェレックとA・ウォレンの『文学の理論』（筑摩叢書）は、小説や戯曲の場合、登場人物には劇団を連想させることがあると言って、次のように述べた。

小説においては、戯曲の場合のように、われわれは芸題差替劇団に似たようなものをもっている——主人公、女主人公、悪漢、「性格俳優」（あるいは「滑稽な性格」あるいは喜劇的断片）、年少者、無邪気な少女、老人（父と母、老嬢の叔母、少女附の女、乳母）がいる。ラテン的伝説による戯曲の技巧（プラウトゥスとテレンティウス、コンメディア・デルラルテ〔仕組み喜劇〕、ジョンソン、モリエール）は欲深の兵士たち、欲深の父、陰険な召使い、というようなはっきり特長がありかつ伝統的な型態学をもちいている。（太田三郎訳）

ちなみに、日本の江戸時代、異常なまでに流行して演劇や絵本にとりあげられた古典に前にも述べた『曾我物語』がある。その一つの原因は、これが芝居で演じられる際、一座に最低いるはずの若い男、女形、老人、敵役など五〜六人それぞれの役者が皆充分に活躍できる登場人物がそろっていたからだという指摘があり、私はこれは正しいと思う。しかし、ついでに言うならば、洋の東西を問わず、人々によく知られた神話や伝説、物語、また最近の劇画やアニメ、映画やテレビドラマなどに登場してくる集団は、うまく役者をそろえれば常に一つの劇団で演じることが可能なのではないだろうか。

かつて、授業ノートとして、その普遍的役割分担を「本命・アナ馬・対抗馬」という図式にまとめてみたら、あまりにも古今東西のジャンルを超えた諸作品がこれで解釈できるので無気味な気分になったことがある。重盛の魅力を説明するのに、ややどころではない回り道になるが、概略を紹介しておきたい。

## 本命・アナ馬・対抗馬

さまざまな神話、伝説、大衆文学などで、主として男性のみの集団が登場する時、その中の人物の持つそれぞれの性格の組み合わせは、一定の共通した図式になることが多い。さまざまにちがいはあっても、ゆるやかな、おおまかな基本は変わらない。

これを仮に、リーダー、本命、対抗馬1・2、アナ馬1・2・3と名づけて、その特徴を説明する。

リーダーは、もし冒険小説などで主人公が一人しかいない場合には、それにあたる。まっとうで健全な若者で、人間らしい欠点も持つ。能力が高く、好感を抱かれる外見をしていても、読者が親しみを失うほど特別なエリートではない。時には平凡にさえ見える。

仲間ができると、その中心となり皆をまとめる。それは、その集団の持つ目的のために最

**本命・アナ馬・対抗馬（文学に登場する集団の役割分担）**

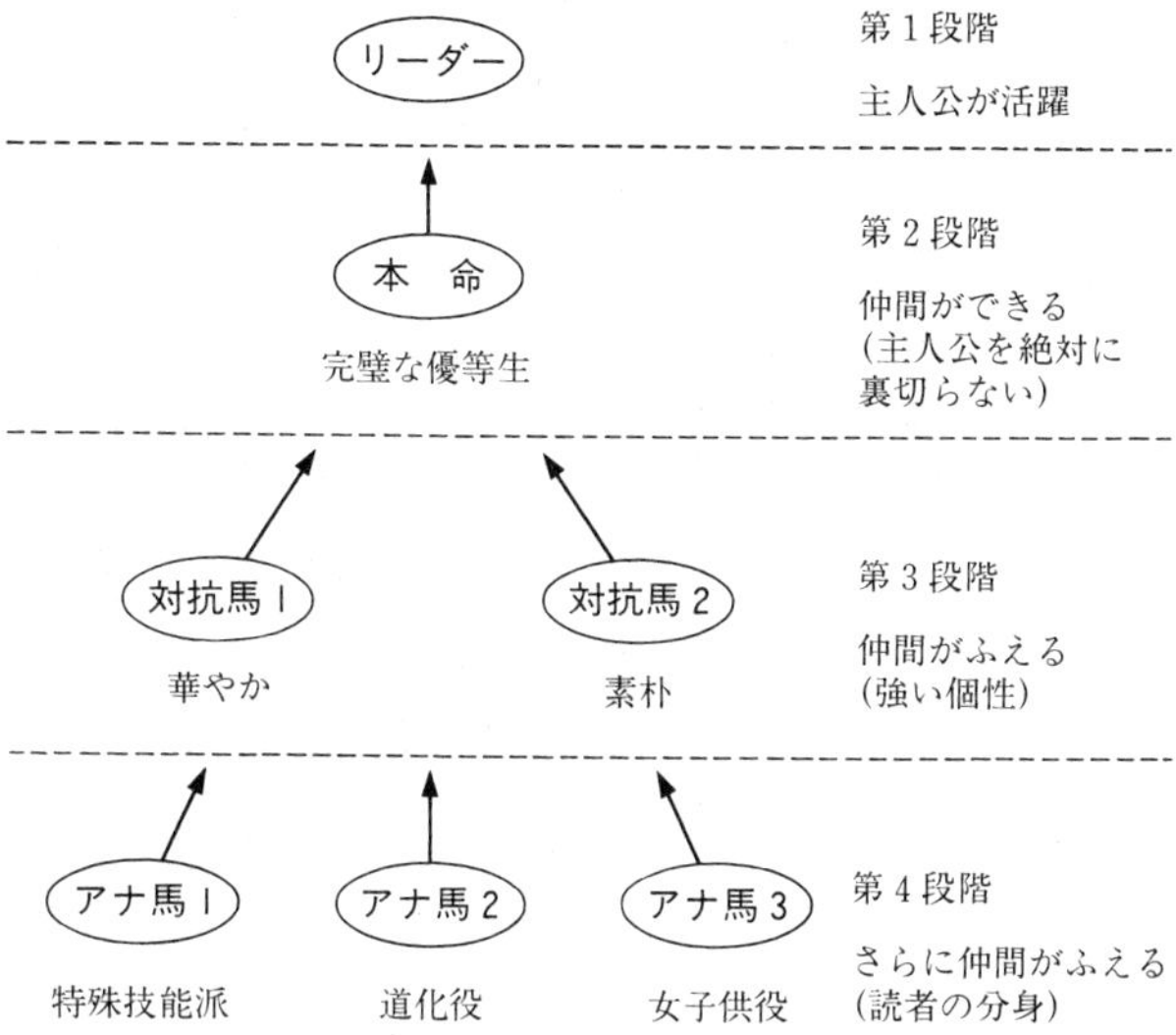


も有能であるからという場合もあれば、まとめ役としての能力が高いからという場合もある。そして集団の活躍が盛んになると、彼自身は活動の場を奪われがちになり、やや象徴的存在となって影が薄くなることもある。

本命は、リーダーの副官、友人、指導者などの位置にあり、リーダーを絶対に裏切らない存在である。そのためにリーダーを愛する読者から好感を抱かれ、時にはリーダー以上の人気を得る場合もある。

リーダーのように読者に親しみを感じさせるために平凡である必要がなく、そのため、優等生で非の打ちどころのない人物として設定されることが多い。

能力、外見、人格ともにリーダー以上になることもある。

物語世界の理想を体現する人物でもあるから、しばしば作者の代弁者となる場合もある。

対抗馬1と2は、右の二人に仲間がさらに増えた時に登場する。ともにすぐれた能力を持つが、性格はややバランスを欠く。一方は華やかで都会派で自己主張や自己顕示欲が強い。もう一方は素朴で実直で無器用で人がいい。

アナ馬1・2・3は、仲間がさらに増えた時に読者が身近に感じられる存在として設定される。すなわち、集団内で特殊な役割を持ち、そのことによって他の世界とつながるため、仲間とはやや異なる価値観を持ち、客観的な姿勢を保つ「特殊技能派」、集団内のお荷物でトラブルメーカーで、それゆえに事件や冒険のきっかけを作って話を発展させる「道化役」、さまざまな理由から仲間より非力で保護される存在だが、けなげに自分の役割を果たす「女《おんな》子供《こども》役」である（註1）。

## いささかの補足説明と実例

これらの成員がすべて欠かさず揃うとは限らない。また、一人が二つの役割を兼ねることもある。アナ馬の三タイプが充実していて、対抗馬が存在しない集団もあれば、リーダーが影が薄くなるのを避けるため、皆から保護される「女子供役」を兼ねる集団や、破天荒で皆を困らせる主人公がリーダーと「道化役」を兼ねて皆を引っ張っていく集団もある。

また、どのタイプかが集団の中にではなく、敵として存在していることもある。

要は、ある程度主要な登場人物の多い物語の中では、このような性格の人物がまず登場しやすく、このような組み合わせになりやすく、それが読者の広範な好みに対応するので人気が高まりやすいということである。

孔子、キリスト、源義経、松尾芭蕉など、偉大な人物の弟子や家来たちとして伝えられる人々の集団、『水滸伝』やロビン・フッド伝説やアーサー王物語や『南総里見八犬伝』の主人公たち、『七人の侍』『巨人の星』といった映画や漫画などを思い浮かべていただくと、何となく理解していただけるだろう（授業で学生たちに例をあげさせると、『キャプテン翼』と『水戸黄門』を思い出す学生が多い）。

## 最近の傾向として

このように古今東西を問わず、文学の中に「まじめで高潔な完璧な優等生」というキャラクターは基本的に欠かせないほどよく登場する。それはそんなに不自然な存在でもなければ、魅力のない存在でもない。むしろ、人間の集団があれば必ず存在し、文学で描けば非常に人気も出るのである。

ただし、それが最近はやや軽視されている傾向がある。ファンタジー文学の名作として人気も高いマーガレット・ワイス&トレーシー・ヒックマン『ドラゴンランス戦記』（富士見ドラゴンノベルズ）は、私のこの図式ほとんどそのままの主人公集団を作り、理想的な高潔な騎士もその中にいるが、他の仲間と比べてあまり効果的に使われておらず、この人物の精彩のなさは、そのまま現代におけるこのタイプへの理解の難しさを示している。

それも時代の特徴だからやむをえない、とあきらめるわけにはいかないのは、『平家物語』における重盛の場合もそうだが、このような性格の魅力を理解できないと、文学そのものの面白さを充分に味わいつくせないことが多いからだ。

アーサー王物語のランスロットが最高の理想的な騎士でありながら、主君で親友のアーサーの妃と恋に落ちてしまうように、この優等生タイプは時にたった一度決定的な過ちを犯すことがある。そして、それこそが「美しいものが穢《けが》れる」妖しい魅力さえ生むことにもなる。

シェイクスピアの『尺には尺を』で、天使のように清らかで厳《きび》しい為政者アンジェロが恋のために最低の卑劣で残酷な支配者に変じ、歌舞伎『鳴神《なるかみ》』の主人公がやはり恋のために乱れきって堕落するのも、最初は本物の純粋で潔癖な聖人だからこそ、その堕落が壮大で悲劇的なのだし堕落させる女性の魅力も輝くのだ。

しかし、『尺には尺を』を日本の劇団が公演した時もアンジェロは初めから幼児性を持った未成熟な男で、高潔な性格はうわべだけのものとして演じられていた。『鳴神』については数回見たが、いずれもほとんど最初から鳴神上人はいやしげで好色な面をちらつかせる。これらはどちらも喜劇だが、偉大なものを堕落させて嘲笑するにしろ戦慄するにしろ、最初はまったく完膚なきまでに本物の高尚な聖人として描いておかなければ、堕落した時の痛快さもなければ色気もあるまい。もともと、ただのセクハラおやじの化けの皮がはげたというだけの話など、日常的にいくらでもあるものを誰が金を払って時間をかけて舞台の上で見たいものか。

いささかはしたないことを書くが、ポルノ文学や映画で清らかな女性を凌辱《りようじよく》するのがいかにエロティックかはかなり常識のようなのに、このような「高潔な人が乱れてこそ迫力がある」という、いってみれば当然のことになぜ誰も気がつかないのだろう。おそらく『尺には尺を』も『鳴神』も、それを充分計算に入れて書かれている劇なのだ。

これは、『平家物語』における重盛の魅力を感じとることのできない感覚と共通しているとしか私には思えない。

## 優等生としての重盛

伊藤整が群像劇の一つとして『平家物語』をあげたように、私も前に述べた「集団の活躍する文学」として、『平家物語』は『水滸伝』やアーサー王物語などと共通する性格の作品と思っている。ただ、主人公が仲間を作って活躍する形式の話ではない。

『平家物語』の場合は、作品世界の中に先に私のあげたような性格の人物が散在するかたちで配置されている。清盛はリーダー兼道化役、義経は対抗馬の華やかな方（『義経記《ぎけいき》』では女子供役も兼ねる）、義仲は対抗馬の素朴な方兼道化役、維盛は特殊技能派（この名称では抵抗があるが、このタイプはいつも集団になじまず、時に離脱するのが特徴で、異なる価値観を持っているため、仲間や読者に淋しい不安な思いをさせる）、宗盛は道化役、敦盛や有王は女子供役と考えてよい。

重盛は知盛とともに本命タイプの優等生としての役割を担う。彼らはどちらも、「本命」の条件である「主君（ここでは清盛や宗盛）に献身的で忠誠をつくす」という点では、充分ではないように見えるかもしれない。だが、それは『平家物語』の場合には、普通の大衆文学のようにリーダーとその集団が作者の代弁者となってはいないからであって、この二人はむしろ、作品世界そのものの中での優等生であり、それを支える秩序と論理を体現する。それもまた「本命」の役割であって、重盛がしばしば「作者の代弁者にすぎない」と批判されたのは、正しい指摘である。ただし、それは全然批判されるべきことではない。それは重盛という登場人物の正しい使い方であり効果的な利用法なのである。

そして、くり返すが多くの聴き手や読者は、このような優等生で作者の代弁者重盛の魅力に酔った。でなければ重盛は作品の中で存在しつづけられなかったろう。今日の私たちにその魅力がわからなくなっている方がむしろなぜなのかを考えて見た方がいい。しかし、本当にわからなくなっているのだろうか？　少女漫画の世界では萩尾望都《はぎおもと》『トーマの心臓』のユリスモール、竹宮恵子『風と木の詩』のロスマリネ、三原順『はみだしっ子』のグレアムと、この「生まじめな優等生タイプ」はいつも登場していたし、二〇〇四年公開の映画『トロイ』での優等生タイプのヘクトール（これはホメロスの『イーリアス』以来この人物に定着しているイメージである）が主役をしのぐ人気を博しているのを見ても、現代の人々の中に、この種の人物を好む感性が鈍っているとは思えない。重盛の人気がないのは結局のところ、古典を社会に紹介する私たち研究者や批評家の側の問題なのではないのだろうか。

### 註

（1）なお、この役割分担の図式の詳細については、私のホームページ「板坂耀子研究室」の「授業ノートコーナー」を参照されたい。

おまけの雑談　そして、『太平記』へ

**文学史の中で見るならば**

「文学史の教科書を見ると、『平家物語』は、時代は中世、ジャンルは『軍記物』に分類されています。このジャンルの早いものでは漢文で書かれた『将門記《しょうもんき》』『陸奥話記《むつわき》』があり、ついで保元の乱、平治の乱を題材にした『保元物語』『平治物語』(どちらも『平家物語』ほど長くはない)があり、そして『平家物語』が登場し、ひきつづいて、個人を題材にした『義経記』『曾我物語』『信長記《しんちょうき》』『太閤記《たいこうき》』があり、その一方で『平家物語』以上に長い『太平記』が誕生する、とたいていの本に書いてあります。こういった理解でいいのでしょうか?」

「いいですよ。ちなみに前に言った山下宏明の『いくさ物語の語りと批評』は、そういう軍記物を『平家物語』とも関連させながら、さまざまな考察を行っている。でもせっかくだから、もう少し広い流れの中でちがった要素も加えて見ておきましょう。ごちゃごちゃしてはいるけれど、何かの役には立つかもしれない」

## 系図を覚えればいい時代

「文学史や歴史を覚える時、ローマ皇帝であれイギリス王室であれ日本の天皇家や将軍家であれ、早い話が時の指導者、権力の中心の一家や一族のお家の事情や親戚関係を覚えてしまえばだいたいそれですむという時代がかなりある。日本なら平安時代まではおおむねこれで通用する。都の外や辺境で何が起こっていたか知らなくても、どの皇子と皇女が恋仲で、どの天皇が息子と対立していたかということを知ってさえいれば、『万葉集』や『源氏物語』の背景はもちろん、受験勉強や世間話に必要なことはわかる」

「役に立ちそうな話じゃないですか」

「本当はどんな辺境にもそれなりの人の暮らしも歴史もあったことを忘れてはいけません。でも、さしあたり文学史上に今とりあげられるものの多くは、そのへんの時代までは、ほぼ都の権力者のことに限られている」

「彼らの家族・親族関係のごたごたを知っておけばいいわけですか？」

「それと、ヤマトタケルノミコトが多少がんばったところで、『平家物語』の時代までは、日本全国がまきこまれた戦いはほとんどないから、舞台もほぼ都に限られる。そこでくりひろげられる年中行事や儀式といったイベントが、『大鏡《おおかがみ》』などの歴史文学でもかなり大きな要素を占めている。それは『平家物語』にも引き継がれていて、戦争文学や歴史文学といっても、ホームドラマの様相が強いし、華やかな年中行事もよく登場します」

「それは日本に限った現象ではないのですか？」

「全世界かどうかは責任持たないけれど（笑）。江戸時代に入ると、天皇家よりも将軍家と諸藩が政治の中心として機能するから、この手の王室の内輪話は各藩のお家騒動を描いた実録物となって、人々の好奇心を満足させる。あと、軍記物の要素を引き継ぐのは、いわゆる災害物です」

「災害というと火事とか地震とか？」

「津浪もそう。これは、中村幸彦先生がよく言っておられたことだけど、軍記物の戦乱の描写は江戸時代では火事や洪水を描いた災害の記録が、同じ役割を果たします。一方、華やかな年中行事については、たとえば将軍の公的な旅を描く紀行や狩猟や遊興を描く記録なども、やっぱり盛んに書かれている。『平家物語』という文学の持つ多様な要素は、そのような伝統の中にあるし、そのように拡散して後世のさまざまな文学の中に引き継がれている」

## 地方への広がり

「先生の研究している紀行文学から見るとどうなのですか？」

「以前に私は、『江戸を歩く』という本で、日本の紀行文学に登場する名所が、中世以前とそれ以降で決定的に異なるのは、『古戦場』という観光地が存在するかどうかであると言いました。そして、それ以前の主要な名所であった『歌枕《うたまくら》』が、ともすれば都の人の一方的な憧憬《しょうけい》でしかなく、現地の人には意識されないことも多かったのに比べて、『平家物語』をはじめ軍記物に登場した『古戦場』は、中央から訪れる旅人と同様に、あるいはむしろ、それ以上に強烈な印象を当地の人々にも刻み込んで語り伝えられていることが多いということも指摘しました。『平家物語』と、それにつづく軍記物は東北地方から北海道へかけての義経伝説、木曾路一帯の義仲や上杉謙信と武田信玄にまつわる伝説、鎌倉付近の北条一族、東海道の曾我兄弟、吉野の後醍醐天皇、河内《かわち》の楠木正成《くすのきまさしげ》、瀬戸内周辺の平家一門関係、九州五家荘《ごかのしょう》の平家落人のかくれ里、伊豆大島の為朝伝説など、まさに日本全土に及び、それぞれの土地と密着して語りつがれています」

「江戸時代には地方の文化も大きく発展しますね」

「そうです。特に各藩がそれぞれの地方の歴史を編纂《へんさん》していて、たとえば、筑前の福岡藩黒田氏の家譜の編纂にあたり『黒田家譜』の名著を遺した貝原益軒《かいばらえきけん》などは、『平家物語』を幼少から愛読し、『黒田家譜』の文体にそれをとりいれている。軍記物が刺激しかたちづくった歴史への関心と興味の影響には、はかりしれないものがある。それに、江戸時代には『平家物語』にならって、さまざまの古戦場にまつわる戦いの記録をまとめた軍記物そのものも各地で多数書かれていますね」

**『太平記』という作品**

「『平家物語』以外の軍記物で、おすすめのものはありますか?」

「う〜ん。『義経記』も『曾我物語』も読んでほしいですけれど、私が今一番気になってるのは『太平記』かな」

「すごく長いでしょう?」

「岩波の古典文学大系でも文庫本でも、だいたい『平家物語』が二冊なら『太平記』は三冊」

「それを聞いただけでぐったりします。どんな内容でしたっけ?」

「平家を滅ぼした源氏もやがて北条氏にとってかわられ、その北条氏の政権もやがて種々の問題を生んで、後醍醐天皇を中心とした貴族や武士によって倒される。しかし、天皇が中心となった『建武《けんむ》の新政』もまた、中心人物の一人だった足利尊氏の離反により崩壊してゆく、というあたりの話ですね。江戸時代から近代にかけて、『平家物語』に劣らず、よく知られた人気ある軍記物でした。『仮名手本忠臣蔵』は赤穂浪士の事件を題材にしてますが、表向きは『太平記』の話にしている。これは幕府のお咎《とが》めを逃れるためですが、それだけじゃなく、二つの世界の二重写しを楽しんでいます」

「でも、文学史では、文学的価値では『平家物語』に劣るとか、まとまりにも欠けるとか、あまりいいことは書いていません」

「それは、『平家物語』を基準にして見るからで、『太平記』には『太平記』の面白さがある。だいたい、そんな評価のしかたは、『源氏物語』を基準にその後の物語を切り捨てたり、『おくのほそ道』を基準に江戸の紀行は皆つまらないと言ったりするのと同じで、世の中をすごくつまらなくしていると思う」

**納得しにくい構成**

「では、ずばり『太平記』の魅力とは何ですか？」

「これはかなりまた個人的な話になるけれど、私自身、『太平記』を子どもの頃に児童文学で読んだ時も、大人になって原文で読んだ時も、『平家物語』ほどの魅力は感じなかった」

「何だ、やっぱりそうなんですか」

「落ち着きが悪いし、居心地が悪いし、後味もよくない」

「さんざんですね。どんなところが？」

「冒頭から、政権をとっている北条氏の腐敗や横暴が語られ、それに抵抗する勇敢な天皇や公家たちの戦いが描かれるわけです。誰だってそっちに感情移入する。それが次第に実を結び大きな流れとなって抵抗勢力が結集し、ついに北条執権《しっけん》を倒す。ここまでは気持ちがよくて納得できる。世界が調和していると感じられる。でもそのせっかく作った新しい政権が崩壊する」

「前に話した『王の帰還』パターンですか？」

「そういうふうに図式化だか分析だかができて、何がいけなかったか誰が悪かったかがわかればいいのだけれど、それも何だかはっきりしない。欲求不満ばかりがいたずらにつのる」

「たしかに、『平家物語』の場合、どんなに平家が哀れでも、『彼らはおごりたかぶって、横暴をはたらいたから、滅ばざるを得なかった』と思って納得できる」

「本当は、一族で官位を独占した程度のことは、歴史上の暴君たちに比べたら横暴や悪事などとはとても言えません。むしろ、あれだけの権力を持ちながら、これといったひどいことは平家はしていない。でも、『平家物語』を読んでいると、何となくそう思わされてしまうし、そういう物語の構成が基本的に読んでいて気分を安定させる。義経の最期は痛ましいけれど、そこのところを『平家物語』ははっきり書いていないし、梶原景時という悪役のせいにしてしまえば気持ちの整理はそれなりにつく。かわいそうに江戸時代には景時は『げじげじ』とまで仇名がつけられているぐらいです。もうちょっと詳しく事情を知る人なら、都と鎌倉の温度差やら、頼朝と法皇のかけひきやらが背景にあって、それが原因で義経の悲運が決まったということで、何とか理屈は通るでしょう。それに義経の場合は、あくまで個人の悲劇です。だからこそいっそう悲しくはあるけれど、作品世界全体を揺るがす不安は与えない。それに『平家物語』は強力な最終兵器の切り札がある」

「『諸行無常』ですか？」

「それを言ってしまえばおしまいですからね。『そうか、これが世の中か』とあきらめるしかない。しかし、それで気は休まる」

「『太平記』はそういかないのですか？」

「とてもそうはいきません。あれだけ前半で、圧制から抵抗、抵抗から蜂起、蜂起から勝利、正義の支配体制の発足、という絵に描いたような図式を示しておいて、その中の一人の裏切りで、それががらがらと崩れてゆき、しかもその裏切り者は罰されることもなく次の支配者になる——これをどう納得し理解すればいいのか。だいたい正義と秩序の象徴のような天皇という存在が、南北朝というかたちで二つに分裂する」

「でも、それを言ったら『平家物語』でも安徳天皇を擁して逃げた平家に対応して、後白河法皇が直ちに幼い四の宮（後鳥羽天皇）を次の帝位につけてしまうということもあるではありませんか？」

「しかし、『平家物語』ではまだ、天皇という正義の存在がかろうじて守られていたと思う。しかも『太平記』では何だか正義は敗北してゆく南朝の側にあるかのような描き方で、前半、明らかに英雄であった護良《もりなが》親王の無惨な死も、納得のいくかたちでは説明されない。今にいたるまで大人気の楠木正成・正行《まさつら》父子の忠死にしても、結局何を生んだのか、何も生まなかったのか、明らかにはならない」

**足利尊氏の描き方**

「普通に考えれば、仲間を裏切って脱落して対抗する勢力を作った足利尊氏が悪者になるはずですが？」

「それが必ずしも、そうなってはいない。でも、そう説明してきた時期もあったと思う。

今でも覚えているけれど、もうかなり以前、NHKテレビの大河ドラマが足利尊氏を描いた年、地域のある集まりで、一人の年輩の男性が私にしみじみと述懐された。『しかしもう、変われば変わるもんですなあ。わたしらの子どもの頃は尊氏いうたら絶対もう悪者やったですがなあ』って。この方が何十年たってもまだそうやって覚えておられるほどに、尊氏を逆賊として悪人にし、後醍醐天皇を悲運の天皇、それに忠誠をつくした楠木正成・正行父子、新田《にった》義貞《よしさだ》らを英雄として描き上げるのは、戦前の『太平記』の鑑賞法だったのでしょう」

「それはそれで矛盾はないのではありませんか？」

「でも、上総英郎『「太平記」幻想』（春秋社）がこのような読み方を今日もなお引き継がれているものとして、強く批判しているのを読んでもわかるように、原典の『太平記』そのものがすでに、尊氏を悪役として設定しきっていない。史実はどうあれ、『太平記』という作品世界の中で尊氏はどう見ても『平家物語』の清盛や宗盛のように図式化された明白な敵役として存在してはいない」

「そういうところが『太平記』の未熟さ、完成度の低さなのですかね？」

「そうかもしれない。でも私は最近、まさに、そのような調和のとれない不安定な作品世界の中に読者を置きはなしにする、この作品のそういうところにこそ、ひきつけられる」

「それはどうしてですか？」

「池田理代子の少女漫画『ベルサイユのばら』は（舞台化されても）、バスチーユの崩壊と民衆の勝利と革命の成功で終わる。その後の血で血を洗う革命政府の内部抗争と帝政の復活までは描きません。それはそれでいい。そういう文学も必要です。それに、どんなに惨めに空しく変質し崩壊するにしろ、しなきゃならない改革も創り上げなきゃならない新世界もある」

「う〜ん、それはどうなのかなあ」

「まあ、ろくでもない改革も、とんでもない新世界もそりゃあるけれど。やっぱり、ひどい世の中を終わらせて、新しい時代が始まって、皆が期待する瞬間というものはあるんじゃないの。建武の新政でもフランス革命でもエルベの誓いでもいいけれど」

「エルベの誓いって何ですか？」

「第二次大戦の終わり近く、ナチス・ドイツと戦ってヨーロッパを解放しながら進んできた、アメリカとソ連の兵士たちが、ドイツのエルベ川の河畔で遭遇する」

「ちょうどトンネル掘ってて両方から行き会ったみたいなものですね」

「彼らは喜び合い、二度と戦争はしないと、その河畔で誓い合った。それが『エルベの誓い』です。今じゃ、その国家のひとつは崩壊したし、もうひとつは泥沼の戦争を継続しつつある。そういう時、希望にみちて新しく生まれた世界の何が変質し、何が分裂し、何が崩壊していったのか。その中で人はどう生きたのか。そういうことが書かれている話を読みたくなる」

「それは、『平家物語』ではだめなんですね？」

「『平家物語』は、とてもよく調和がとれていて、読んでいて気持ちがいいけれど、『太平記』の混沌とした不協和音みたいな世界も、それはそれで読みたくなる。そういうものを人に味わわせるというのも、文学の大切な役割だし、そうやってわりきれない苦々しさや空しさを噛みしめるのもまた、文学を読む時の大きな楽しみなんですよ」

# あとがき

江戸時代の儒者貝原益軒は、『養生訓《ようじょうくん》』をはじめとした教訓書類の作者として有名だ。彼はしばしばこう書いている。

「儒教について立派な詳しい研究書はたくさんの人が書いている。才能も学問もない私は、せめてそういう難しい本を読むことのないたくさんの人たちを対象にわかりやすくやさしく書くことで、自分なりの役割を果たし、この世に生まれて暮らしている幸せのお礼をしたい」

これは益軒のような大学者が書くと、本人にその気はなくても少し嫌味だ。そして私がそのような人に自分を重ねるのは身のほど知らずで滑稽だ。それでもこれを書いている間ずっと、ちらちらと益軒のその言葉が胸をよぎった。

『平家物語』については、精力的かつ詳細で綿密な多くの方々の論考がすでにある。それらはどれも刺戟《しげき》的で面白く、たくさんの人に読んでほしいと思う。しかし、その前に肝心の『平家物語』をきちんと読んでいる人が私の周囲の大学という環境でさえ、実に少ない。何とかまず一人でも多くの人に、この作品を読んでほしいという願いが、私にこれを書かせた一番の動機である。

『平家物語』に限ったことではないが、洋の東西を問わず、古典文学は面白い。それはこの現代を賢く愉快に生きるために役立つ力と知恵を限りなく与えてくれる。それなのに、今、学校教育からは古典の時間は信じられないスピードでどんどん削られてゆきつつあるという。時空を超えて伝わってくる貴重な人類の叡智《えいち》や情熱を聞きとる機会も手段も奪いつづけて、何が情報社会だろう。生きる力だろう、ゆとりの教育だろう。この国に生きた数知れない人々の涙や笑いに磨かれて今に残る見事な言葉の輝きを味わうことさえできなくて、どんな愛国心を育て、どんな国際化をめざすというのだろう。私はつくづく、不思議でならない。『平家物語』について書かれた本は、私がこの本の中にとりあげた以外にも、すぐれたものが数多い。また、それ以上に『平家物語』の中には、私がここで引用した以外にも息が詰まるほど面白い場面や文章が目白押しである。どれもこれも紹介したくて涙をのんだ。私のこの本を読んで少しでも面白いと思われたら、『平家物語』そのものは絶対にもっと楽しめる。

ぜひ原文で読んでみていただきたい。さまざまな方の小説も、テレビドラマもそれぞれとても楽しいが、一番面白いのは原文である。

もう一つ、書きながらいつも心にかかっていたのは、最近の情報社会の中で注目されつつある著作権の問題である。学生に「論文やレポートや演習資料を作る際に、引用を明記しなかったら泥棒と同じ」と毎年しつこく教えている立場として、この問題の重要性は認識も理解もしているつもりだ。だが、その一方で、この問題に関わって、ある文学作品を下敷きにした、いわゆる二次創作をどう考えるかということについては、充分に文学の歴史や性質を理解して対処してほしいと願ってやまない。

インターネットで小説を掲載閲覧するサイトなどを見ていると、しばしば書いている人たちでさえ、このような二次創作が正統でないキワモノで異端だという意識を持っているように感じられることがある。それは謙遜《けんそん》だけでなく一種の誇りにつながることもあるようだし、そういう感覚が生まれる事情もいろいろとあるのだろう。だが、私が翻案とパロディが横溢《おういつ》する江戸文学を専門にしているから言うのではなく、そもそも文学あるいは芸術という形式は先行作品の利用なしにはほとんど成立し得ない。それが文化というものだ。そんなあたりまえの感覚が薄れつつあるというのも、古典を軽視どころか無視している昨今の状況と無関係ではないのではないか。

あとがきで、こんな大きな問題を持ち出す私も私だが、要するにこの本の中で私が伝えようとした『平家物語』の魅力とは、とりもなおさず、それを見聞きした多くの人たちの中で熟成し醗酵《はっこう》し、次の物語を生まずにいられない魅力でもあった。第一部の冒頭でも述べたようにこれは『平家物語』が特に強く持つ傾向ではあるが、基本的にはすぐれた文学や芸術の多くにそなわる力であり、くり返すけれど、そのように共有できる世界を持つのが文化ということなのだ。その世界はコンピュータゲームでも人気アニメでもいい。だが、古典でもいい。

世界はすべて、どこかでつながる。狭い範囲の、短い時代の常識ではなく、広い視野と深い知識を持って、特に文学に携わる分野の人が、二次創作に関する問題に今後とりくんでいっていただきたい。そのためのささやかな資料にもこの本がなればいいと思っている。

私の九州大学での学部の卒業論文は『平家物語』がテーマだった。当時、中世文学の先生がおられず、近世文学の中村幸彦先生は困られたと思うが、丁寧に指導してくださった。福岡女子大学の井出恒雄先生のお宅にもうかがって指導をいただき、平曲のテープなど聞かせていただいた。大学院では近世紀行を専攻したので、『平家物語』を研究する機会は少なくなったが、江戸時代の紀行の中に『平家物語』関係の記事がよく登場することもあって、結局遠ざかってはしまえなかった。一般の方を対象とした文学講座でも、『平家物語』を聞きたいという要望は多く、数年かけて読んだこともあり、昨今の予算不足による人手不足の中、『平家物語』の研究と教育に大きな役割を果たされていた笠栄治先生のご退官後は中世文学の授業も時にはやらざるを得なくなって大学の授業でもとりあげるなど、ついつい縁が切れなかった。

本来あまり好きでもなかった近世紀行を研究しながら、「恋人とは結婚しない方がいいって言うからなあ。近世紀行は妻で、『平家物語』は愛人か」と不謹慎きわまりないことを考えもしたものだが、この本を書いてみると、妻の顔をよく見たら実は昔の恋人だったというような、何かが自分の中で一つになっていくような感覚がある。研究も教育も趣味も社会的行動も、どこかでつながっていくような実感がある。やはり『平家物語』とは私の中で、常に一つの要《かなめ》だったのかもしれない。

そういうことを思うにつけても、この本を出すきっかけを作ってくださった中央公論新社の吉田大作氏に、その後のご協力も含めてあらためて深く感謝する。また狂気の沙汰《さた》と言いたいほど多忙をきわめる法人化後の大学にあって、さまざまに私を支えてくれた同僚、学生、事務職員、その他多くの人々にも真摯《しんし》にお礼を申し上げずにはいられない。さらに、まだ今よりは世間も大学もゆったりとしていた時代、福岡県宗像《むなかた》市自由ヶ丘公民館の文学講座というかたちでこの物語を共有できた受講者の皆さんと主催者やお世話してくださった方々にもなつかしさをこめて感謝の言葉を申し上げたいし、充分な世話や介護もできない私に耐えてくれた家族親族、猫たちと、私に代わってそれをしてくれた親切な方々の存在がなかったら、この本は絶対に完成していなかったろうと痛感している。

二〇〇五年二月

板坂　耀子

# 平氏系図

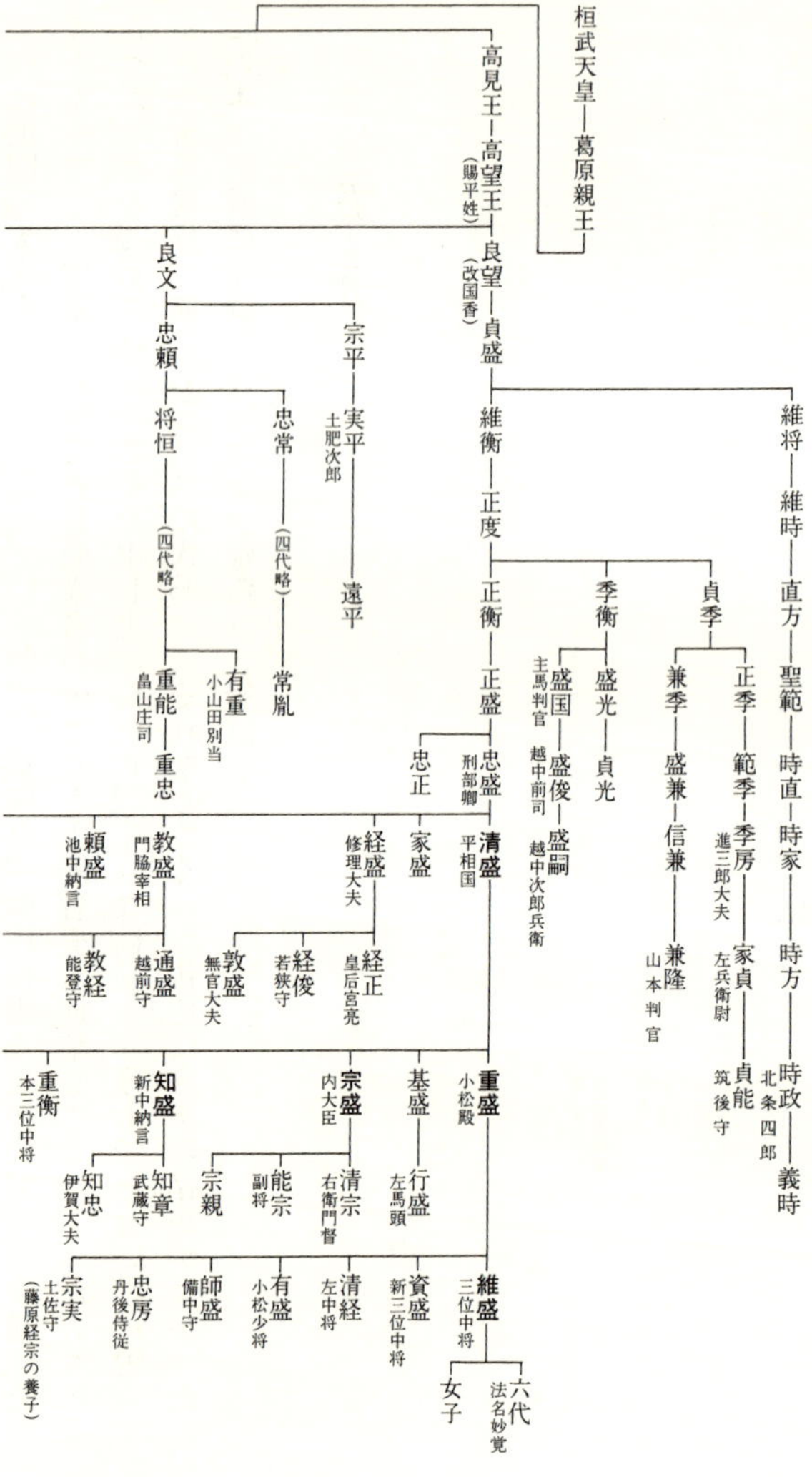

桓武天皇
葛原親王
高見王
高望王
（賜平姓）
良望
（改国香）
貞盛
良文
宗平
実平
土肥次郎
遠平
忠頼
忠常
（四代略）
常胤
将恒
（四代略）
有重
小山田別当
重能
畠山庄司
重忠
維将
維時
直方
聖範
時直
時家
時方
時政
北条四郎
義時
維衡
正度
貞季
正季
範季
季房
進三郎大夫
家貞
左兵衛尉
貞能
筑後守
兼季
盛兼
信兼
兼隆
山本判官
季衡
盛光
貞光
盛国
主馬判官
盛俊
越中前司
盛嗣
越中次郎兵衛
正衡
正盛
忠盛
刑部卿
忠正
清盛
平相国
家盛
経盛
修理大夫
経正
皇后宮亮
経俊
若狭守
敦盛
無官大夫
教盛
門脇宰相
通盛
越前守
教経
能登守
頼盛
池中納言
重盛
小松殿
基盛
行盛
左馬頭
宗盛
内大臣
清宗
右衛門督
能宗
副将
宗親
知盛
新中納言
知章
武蔵守
知忠
伊賀大夫
重衡
本三位中将
維盛
三位中将
六代
法名妙覚
女子
資盛
新三位中将
清経
左中将
有盛
小松少将
師盛
備中守
忠房
丹後侍従
宗実
土佐守
（藤原経宗の養子）

高棟王（賜平姓）―惟範―時望―真材―親信―行義―範国―経方―知信―時信
- 時忠 平大納言―時実
- 親宗
- 時子 二位尼
- 滋子 建春門院
- 女子（平宗盛妻）
- 女子（平重盛妻）

良茂―良正
- 公義―為次―義次―義明 三浦大介
  - 義澄 三浦介―義村
  - 義宗―義盛 和田小太郎
- 致成―景成―景正
  - 景経―景忠 大庭太郎
    - 景親 三郎
    - 景義
  - 景長―景時 梶原平三
    - 景季 源太
    - 景高 平次

忠度 薩摩守

- 業盛 蔵人大夫
- 忠快 中納言律師
- 女子（源通親妻）
- 女子（平宗盛妻）

- 知度 三河守
- 清房
- 清貞（実は中原師元の子）
- 清邦（実は藤原邦綱の子）
- 女子（花山院兼雅妻）
- **徳子** 建礼門院
- 盛子 白河殿（近衛基実妻）
- 女子（冷泉隆房妻）
- 女子（近衛基通妻）
- 女子（坊門信隆妻）
- 女子（後白河院女房）
- 女子 廊御方（花山院兼雅女房）

# 源氏系図

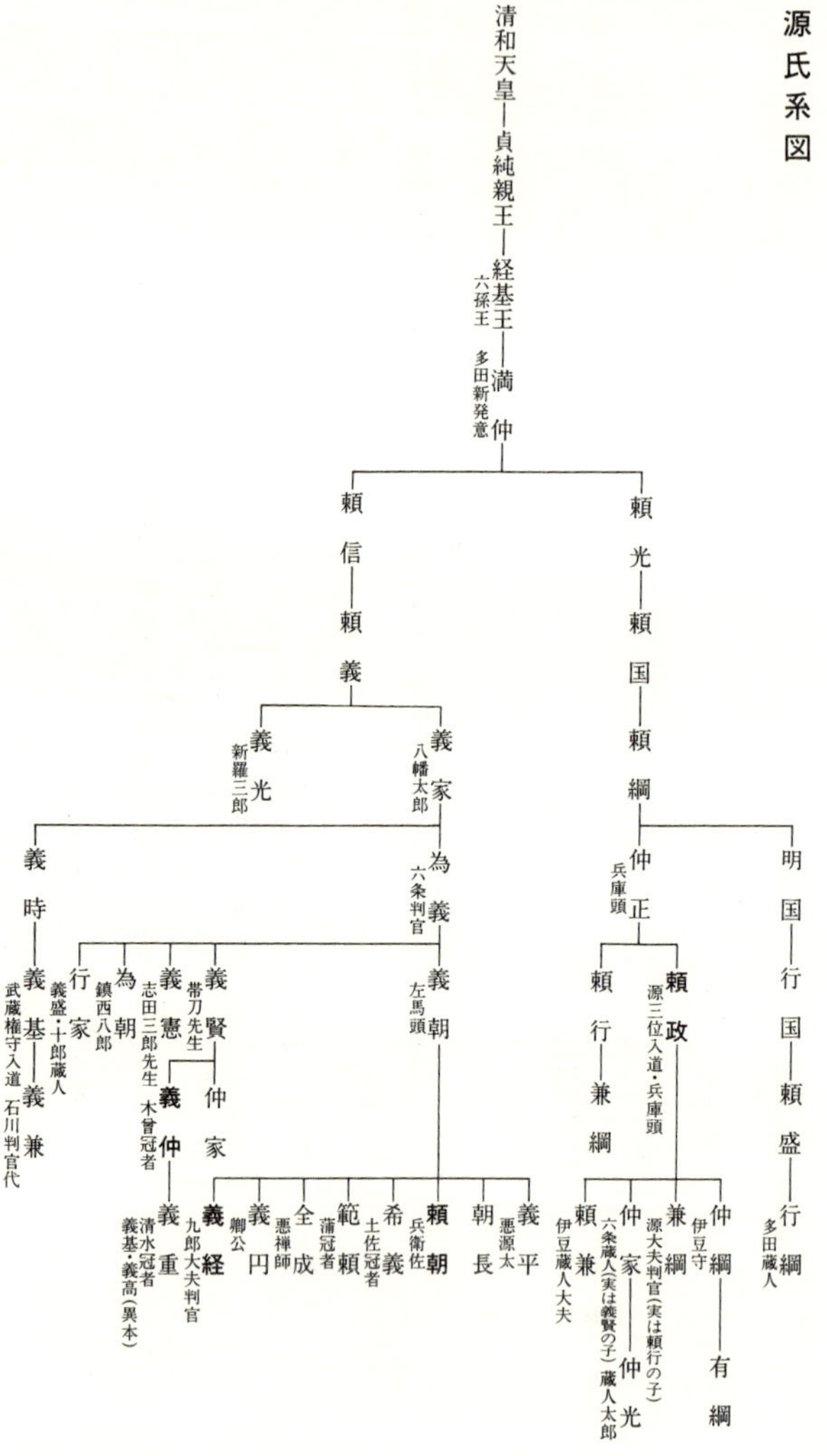
清和天皇
貞純親王
経基王 六孫王
満仲 多田新発意
頼光
頼国
頼綱
明国
行国
頼盛
行綱 多田蔵人
仲正 兵庫頭
頼政 源三位入道・兵庫頭
頼行
兼綱
仲綱 伊豆守
有綱
兼綱 源大夫判官（実は頼行の子）
仲家 六条蔵人（実は義賢の子）蔵人太郎
仲光
頼兼 伊豆蔵人大夫
頼信
頼義
義家 八幡太郎
義光 新羅三郎
為義 六条判官
義時
義基 武蔵権守入道 石川判官代
義兼
義朝 左馬頭
義賢 帯刀先生
仲家
義憲 志田三郎先生
義仲 木曾冠者
義重 清水冠者 義基・義高（異本）
為朝 鎮西八郎
行家 義盛・十郎蔵人
義平 悪源太
朝長
頼朝 兵衛佐
希義 土佐冠者
範頼 蒲冠者
全成 悪禅師
義円 卿公
義経 九郎大夫判官

# 皇室系図

- 鳥羽天皇74（故院）
  - 崇徳天皇75（讃岐院）
    - 重仁親王（一宮）
  - 後白河天皇77（院・一院・法皇）
    - 二条天皇78（二条院・主上・内）
      - 六条天皇79（六条院）
    - 以仁王（高倉宮）
      - 導尊（若宮・安井宮）
      - 木曾宮（還俗宮・野依宮）
    - 守覚法親王（仁和寺宮）
    - 高倉天皇80（君・主上・新院・上皇）
      - 安徳天皇81（君・主上・先帝・春宮）
      - 守貞親王（二宮）
      - 惟明親王（三宮）
      - 後鳥羽天皇82（四宮・主上）
    - 円恵法親王（寺の長吏）
  - 近衛天皇76（近衛院）
  - 覚性法親王（仁和寺御室）
  - 覚快法親王（座主宮）
  - 上西門院
  - 八条院
  - 高松院

# 藤原氏系図

- 鎌足―（八代略）―師輔
  - 兼家―道長―頼通―師実―師通―忠実
    - 頼長（宇治悪左府）
      - 師長（妙音院殿）
      - 多子（二代后（実は公能女））
    - 忠通
      - 基実―基通（近衛殿）
      - 基房（松殿）―師家
      - 兼実（九条殿・月輪殿）
      - 兼房
      - 慈円
  - 公季―実成―公成―実季―公実―実能―公能（大炊御門右大臣）
    - 実定（後徳大寺左大臣）
    - 多子（頼長養女）

# 引用文献・参照文献一覧

## 引用文献


梶原正昭・山下宏明校注『平家物語』上下(「新日本古典文学大系」四四・四五)岩波書店、一九九一~九三年
梶原正昭・山下宏明校注『平家物語』一~四、岩波文庫、一九九九年
高木市之助他校注『平家物語』上下(「日本古典文学大系」三二・三三)岩波書店、一九五九~六〇年
市古貞次校注・訳『平家物語』一~二(「新編日本古典文学全集」四五・四六)小学館、一九九四年
高橋貞一校注『平家物語』上下、講談社文庫、一九七二年
芥川龍之介『俊寛』(『羅生門・鼻』〔新潮文庫、一九八五年〕所収)
石川淳『平清盛』(『おとしばなし集』〔集英社文庫、一九七七年〕所収)
石母田正『平家物語』岩波新書、一九五七年
伊藤整『文学入門』光文社カッパ・ブックス、一九五四年

伊藤整『小説の方法』新潮文庫、一九五七年
ウェレック、R&ウォーレン、A（太田三郎訳）『文学の理論』筑摩叢書、一九六七年
エウリピデス（松平千秋訳）『トロイアの女』（『ギリシア悲劇』III〔ちくま文庫、一九八六年〕所収）
菊池寛『俊寛』（『藤十郎の恋・恩讐の彼方に』〔新潮文庫、一九九九年〕所収）
気多雅子「罪と報い」（今野達ほか編『岩波講座 日本文学と仏教』二〔岩波書店、一九九四年〕所収）
小林智昭「平家物語の理論構成――重盛像をめぐりて」（東京大学国語国文学会編『国語と国文学』一五〔至文堂、一九四八年十一月号〕所収）
佐倉由泰「平家物語における平重盛像の考察――物語における機能と文芸的意義をめぐって」（『日本文芸論稿』〔東北大学文芸談話会、一九八六年〕所収）
白洲正子『謡曲平家物語』講談社文芸文庫、一九九八年
近松門左衛門（山本二郎校訂）『平家女護島』（名作歌舞伎全集第一巻『近松門左衛門集』〔東京創元新社、一九六九年〕所収）
ド・ヨング、ドラ（吉野源三郎訳）『あらしのあと』岩波少年文庫、一九五二年
中村光夫『小説入門』新潮文庫、一九五九年
フォースター、E・M（田中西二郎訳）『小説の諸相』新潮文庫、一九五八年
松尾芭蕉『笈の小文』（中村俊定校注『芭蕉紀行文集』〔岩波文庫、一九七一年〕所収）
宮尾登美子『宮尾本 平家物語』一～四、朝日新聞社、二〇〇一～〇四年

ミュア、E（佐伯彰一訳）『小説の構造』ダヴィッド社、一九五四年
吉川英治『新・平家物語』一～二二、朝日新聞社、一九五〇～五七年

**参照文献**

池宮彰一郎『平家』上中下、角川書店、二〇〇二～〇三年
板坂耀子『江戸を歩く――近世紀行文の世界』葦書房、一九九三年
いのぐち泰子『平家幻生』風媒社、二〇〇〇年
井伏鱒二『さざなみ軍記』（『さざなみ軍記・ジョン万次郎漂流記』〔新潮文庫、一九八六年〕所収）
大塚ひかり『男は美人の嘘が好き――ひかりと影の平家物語』清流出版、一九九九年
上総英郎『「太平記」幻想』春秋社、一九九〇年
上横手雅敬『源平争乱と平家物語』角川選書、二〇〇一年
川合康『源平合戦の虚像を剝ぐ――治承・寿永内乱史研究』講談社選書メチエ、一九九六年
北川忠彦『軍記物論考』三弥井書店、一九八九年
榊原千鶴『平家物語――創造と享受』三弥井書店、一九九八年
佐々木八郎『平家物語評講』上下、明治書院、一九六三年
さないただし『平家物語の光芒――現代巷説』鳥影社、二〇〇二年
志立正知『「平家物語」語り本の方法と位相』汲古書院、二〇〇四年
千草子『ハビアン平家物語夜話』平凡社、一九九四年
武久堅『平家物語の全体像』和泉書院、一九九六年

千明守『平家物語が面白いほどわかる本――今も昔も私たちを引きつける、古典の最高峰！』中経出版、二〇〇四年
栃木孝惟『軍記と武士の世界』吉川弘文館、二〇〇一年
那須義定『天の弓那須与一』叢文社、一九九三年
西田直敏『平家物語への旅』人文書院、二〇〇一年
兵藤裕己『太平記〈よみ〉の可能性――歴史という物語』講談社選書メチエ、一九九五年
兵藤裕己『物語・オーラリティ・共同体』ひつじ書房、二〇〇二年
福田豊彦編『いくさ――中世を考える』吉川弘文館、一九九三年
牧野和夫「『平家物語』全章段の〈解析〉」（梶原正昭編『別冊国文学 平家物語必携』〔学燈社、一九八二年〕所収）
正木信一『「平家物語」――内から外から』新日本新書、一九九六年
松尾美恵子『異形の平家物語――竜と天狗と清盛と』和泉書院、一九九九年
松本章男『新釈平家物語』上下、集英社、二〇〇二年
元木泰雄『平清盛の闘い――幻の中世国家』角川叢書、二〇〇一年
森村誠一『平家物語』一～六、小学館、一九九四～九六年
森山重雄『中世と近世の原像』新読書社、一九六五年
山下宏明『いくさ物語の語りと批評』世界思想社、一九九七年
渡邊昭五『平家物語太平記の語り手』みづき書房、一九九七年

## マ　行



## ヤ・ラ・ワ行

## タ　行



## ナ・ハ行

# 索　　引

板坂耀子（いたさか・ようこ）

1946年（昭和21年），大分県に生まれる．九州大学文学部，同大学大学院文学研究科博士課程単位取得退学．熊本短期大学講師，愛知県立短期大学講師，助教授，福岡教育大学助教授を経て，現在福岡教育大学国際共生教育講座教授．文学博士．

著書『江戸を歩く』（葦書房，1993）
『江戸の女，いまの女』（葦書房，1994）
『江戸の旅を読む』（ぺりかん社，2002）
『動物登場』（弦書房，2004）ほか
編書『江戸温泉紀行』（平凡社東洋文庫，1987）
『岩波新日本古典文学大系　東路記　己巳紀行　西遊記』（1991）
『近世紀行文集成』（葦書房，2002）ほか

平家物語《へいけものがたり》
中公新書 *1787*

2005年3月25日発行

著　者　板坂耀子
発行者　早川準一

本文印刷　三晃印刷
カバー印刷　大熊整美堂
製　本　小泉製本

発行所　中央公論新社
〒104-8320
東京都中央区京橋 2-8-7
電話　販売部 03-3563-1431
　　　編集部 03-3563-3668
URL http://www.chuko.co.jp/




Published by CHUOKORON-SHINSHA, INC.
Printed in Japan　ISBN4-12-101787-0 C1292

## 言語・文学・エッセイ

j1

- 433 日本語の個性 外山滋比古
- 1199 センスある日本語表現のために 中村明
- 1667 日本語のコツ 中村明
- 1768 なんのための日本語 加藤秀俊
- 1416 日本人の発想、日本語の表現 森田良行
- 969 日本語に探る古代信仰 土橋寛
- 533 日本の方言地図 徳川宗賢編
- 500 漢字百話 白川静
- 1755 部首のはなし 阿辻哲次
- 742 ハングルの世界 金両基
- 5 象形文字入門 加藤一朗
- 1212 日本語が見えると英語も見える 荒木博之
- 1533 英語達人列伝 斎藤兆史
- 1701 英語達人塾 斎藤兆史
- 1734 ニューヨークを読む 上岡伸雄

---

- 1448 「超」フランス語入門 西永良成
- 352 日本の名作 小田切進
- 212 日本文学史 奥野健男
- 1678 快楽の本棚 津島佑子
- 1753 眠りと文学 根本美作子
- 563 幼い子の文学 瀬田貞二
- 418 ことば遊び 鈴木棠三
- 1068 昔話の考古学 吉田敦彦
- 1550 現代の民話 松谷みよ子
- 1357 川柳 江戸の四季 下山弘
- 1233 夏目漱石を江戸から読む 小谷野敦
- 1556 金素雲『朝鮮詩集』の世界 林容澤
- 220 詩経 白川静
- 1418 『西遊記』の神話学 入谷仙介
- 1312 金瓶梅(きんぺいばい) 日下翠
- 1287 魯迅(ろじん) 片山智行
- 1672 ドン・キホーテの旅 牛島信明

---

- 1395 贋作《がんさく》ドン・キホーテ 岩根圀和
- 1254 ケルト神話と中世騎士物語 田中仁彦
- 1062 アーサー王伝説紀行 加藤恭子
- 1610 童話の国イギリス ピーター・ミルワード 小泉博一訳
- 275 マザー・グースの唄 平野敬一
- 1343 ジェイン・オースティン 大島一彦
- 1204 ガヴァネス(女家庭教師) 川本静子
- 638 星の王子さまの世界 塚崎幹夫
- 338 ドストエフスキイ 加賀乙彦
- 1757 永遠のドストエフスキー 中村健之介
- 1404 シュテファン・ツヴァイク 河原忠彦
- 1774 消滅する言語 デイヴィッド・クリスタル 斎藤兆史・三谷裕美訳
- 1787 平家物語 板坂耀子
- 1790 批評理論入門 廣野由美子